Italo Svevo

L'assassinio di Via Belpoggio

L'assassinio di via Belpoggio

I

Dunque uccidere era cosa tanto facile? Si fermò per un solo istante nella sua corsa e guardò dietro a sé: Nella lunga via rischiarata da pochi fanali vide giacere a terra il corpo di quell'Antonio di cui egli neppure conosceva il nome di famiglia e lo vide con un'esattezza di cui subito si meravigliò. Come nel breve istante aveva quasi potuto percepirne la fisionomia, quel volto magro da sofferente e la posizione del corpo, una posizione naturale ma non solita. Lo vedeva in iscorcio, là sull'erta, la testa piegata su una spalla perché aveva battuto malamente il muro; in tutta la figura, solo le punte dei piedi ritte e che si proiettavano lunghe lunghe a terra nella scarsa luce dei lontani fanali, stavano come se il corpo cui appartenevano si fosse adagiato volontario; tutte le altre parti erano veramente di un morto, anzi di un assassinato.

Scelse le vie più dirette; le conosceva tutte ed evitava i viottoli per i quali non direttamente si allontanava.

Era una fuga smodata come se avesse avuto le guardie alla calcagna. Quasi gettò a terra una donna e passò oltre non badando alle grida d'imprecazione ch'ella gli lanciava.

Si fermò sul piazzale di S. Giusto. Sentiva che il sangue gli correva vertiginosamente le vene, ma non aveva alcun affanno e non era dunque la corsa che lo aveva affaticato. Forse il vino poco prima? Non l'assassinio, sicuramente non quello; non lo aveva né affaticato né spaventato.

Antonio lo aveva pregato di tenergli per un istante quel pacco di banconote. Poco dopo, quando Antonio gliene chiese la restituzione a lui balenò alla mente l'idea che ben poca cosa lo divideva dalla proprietà assoluta di quel pacco: La vita di Antonio! Non ne aveva ancor ben concepita l'idea che già l'aveva posta ad esecuzione e si meravigliava che quella idea che ancora non era una risoluzione gli avesse dato l'energia di menare quel colpo formidabile tale che dello sforzo si risentiva nei muscoli del braccio.

Prima di lasciare il piazzale stracciò l'involucro che chiudeva il pacco di banconote, lo gettò via e ne distribuì disordinatamente per le tasche il contenuto; poi s'incamminò con passo che volle calmo ma che ben presto e per quanto egli tentasse di frenarlo, ridivenne celere perché moderarlo sul piano era difficile, dopo esser salito di corsa. Finì che fu preso da un grande affanno che lo costrinse a fermarsi, proprio sotto il castello, con la sentinella che guardava la città nella quale allora allora era stato commesso il grande delitto.

Sulla scalinata che conduceva alla piazza della Legna gli fu più facile di moderare il passo ma soltanto badando di portare sempre tutti e due i piedi su uno scalino prima di scendere al prossimo. Voleva riflettere ma non seppe che prenderne l'atteggiamento. Ben presto si disse che non ve n'era bisogno visto che ogni suo movimento era ora dettato dalla necessità! Accelerò di nuovo il passo. Senza ritardo egli si sarebbe recato alla ferrovia e avrebbe tentato di partire per Udine; di là gli sarebbe stato facile di passare in Svizzera.

Allora era perfettamente in sé. S'era dileguata la leggera nebbia prodotta nel suo cervello dalla cena che gli aveva pagata il povero Antonio. Non era stata la causa del delitto, ma il vino, fornitogli dalla sua vittima stessa, gliene aveva reso più facile l'esecuzione.

Se non avesse avuto quei fumi alla testa non avrebbe saputo dimenticare che commesso il delitto, molto ancora gli restava da fare prima di assicurarsene il frutto, e col suo carattere poco energico, inerte, avrebbe sempre cercato mezzi e modi e finito col non agire che al sicuro, dunque mai.

Dove si poteva uccidere al sicuro? E se ci fosse stato il luogo, Antonio si sarebbe potuto trascinare? Gli venne da ridere; quell'Antonio era tale un imbecille che lo si avrebbe potuto far andare espressamente ad un macello più lontano.

Camminava ora franco e calmo per la via ma non si dissimulava che la sua tranquillità veniva dal sapere che nessuno dei passanti poteva ancora essere a conoscenza del delitto da lui commesso. Per costoro, assolutamente, egli era ancora un uomo onesto e li guardava franco in faccia quasi per usufruire per l'ultima volta del diritto che stava per perdere.

Alla stazione però lo colse di nuovo l'agitazione di poco prima. Là egli aveva da fare il passo che doveva avere tanta importanza sul suo destino. Se lo si lasciava partire era salvo. Quale calma non gli sarebbe stata data dal sentirsi trascinare lontano con la rapidità vertiginosa del celere; perché, con un senso ch'egli non aveva saputo di avere, dall'altra estremità della città egli sentiva avanzarsi la notizia dell'omicidio e la persecuzione e sapeva che se non fuggiva, ben presto ne sarebbe stato raggiunto.

Alla una doveva partire il treno e ci mancava una mezz'ora circa. Egli non voleva entrare nell'atrio vuoto molto tempo prima della partenza, ma non seppe rimanere lungo tempo, solo, nell'oscurità e ciò non per timore ma per impazienza. Aveva guardato a lungo l'orologio della stazione sorvegliando su esso l'avanzare del tempo, poi osservato il cielo stellato e senza nubi.

Che cosa gli restava a fare? «Se avessi qualcuno con cui parlare!», pensò e fu in procinto di abbordare un cocchiere che dormicchiava a cassetta della sua carrozza. Ma si trattenne perché correva pericolo di parlargli del suo delitto e come all'infuori della grande paura del giudizio dei suoi simili, a sua sorpresa egli non sentiva affatto rimorso ma invece una specie di superbia per la risoluzione ferrea presa improvvisamente e per la esecuzione ardita e sicura.

Entrò nell'atrio. Voleva vedere le facce dei presenti ritenendo di poter comprendere da queste il destino che lo attendeva.

Sulla panca accanto alla porta erano sedute due donne friulane vicino ai loro cesti, a mezzo addormentate. In fondo alcuni doganieri maneggiando dei colli e a sinistra, nella birraria, v'era un solo uomo grasso che fumava seduto dinanzi ad un bicchiere di birra semivuoto.

Si meravigliò di nuovo dell'acutezza della sua vista e mai non s'era sentito così forte ed elastico, pronto a lottare o a fuggire. Pareva che il suo organismo avvisato del pericolo che correva avesse raccolto tutte le forze per mettergliele a disposizione in quel frangente.

Il suo passo risonava forte nel locale vuoto e destava una eco confusa. Le due friulane alzarono il capo e lo guardarono.

Egli picchiò al finestrino della dispensa per chiamare l'impiegato e non senza sforzo, seppe attendere senza muoversi i parecchi minuti che costui ci mise a rispondere.

- Un biglietto per Udine!

- Che classe?

Non ci aveva pensato.

- Terza. - Non sceglieva quella per economia ma per prudenza; bisognava viaggiare in conformità ai vestiti molto sdrusciti.

- Andata e ritorno - aggiunse rapidamente e sorpreso della buona idea venutagli.

Per pagare levò un pacco di banconote ma le rimise subito in tasca; ve ne erano da mille fiorini. Trovò un piccolo pacchetto da dieci fiorini e pagò.

Gli sembrò che l'opera fosse compita a metà ora che aveva il biglietto in tasca. Anzi meglio che a metà perché non aveva più da parlare con nessuno. Gli bastava sedersi tranquillamente nel suo compartimento con quelle friulane che gli davano poco sospetto e il resto era affare della locomotiva.

Bisognava occupare in qualche modo il tempo che mancava alla partenza. Pose le mani in tutte le tasche e palpò i biglietti di banca. Erano soffici quasi volessero simboleggiare la vita che potevano dare.

Così con le mani in tasca si appoggiò ad un pilastro della porta, il punto più oscuro dell'atrio donde poteva sorvegliare tutto l'ambiente senza venir veduto. Anche sentendosi perfettamente al sicuro non voleva tralasciare alcuna precauzione.

Non sentiva una grande gioia al contatto delle banconote e andava dicendosi ch'era perché non se ne sentiva ancora sicuro possessore. Invece, anche senza questo dubbio, il pensiero del suo delitto non avrebbe lasciato luogo in lui ad altri sentimenti. Non era preoccupazione e non rimorso ma quell'impressione al braccio destro col quale aveva dato il colpo gli sembrava si fosse estesa a tutto il suo organismo. L'atto così breve e fulmineo aveva lasciato traccie sul corpo che lo aveva fatto. Il suo pensiero non sapeva staccarsene.

- Dammi i miei denari - gli aveva detto Antonio fermandosi tutt'ad un tratto. Avendo già preso la decisione di non restituire il pacco, egli dubitò che Antonio non l'avesse indovinata e intanto non fece altro che un atto designato a distruggere in costui il sospetto. Stese la sinistra a porgergli il pacco ben sapendo ch'erano tanto distanti uno dall'altro che le loro mani non giungevano a toccarsi. Antonio si avvicinò subito troppo e in parte la violenza del colpo che ricevette derivò dal suo movimento verso il ferro. Già si piegava e non ancora aveva compreso ciò che gli succedeva. Portò le mani alla ferita e le ritirò bagnate di sangue. Gettò un urlo e stramazzò a terra ove subito s'irrigidì. Strano! In quell'urlo, la voce di Antonio era divenuta seria e solenne; non era più quella che fino ad allora aveva balbettato le parole dell'imbecille e dell'ubriaco: «Gli accadeva infatti cosa molto seria al povero Antonio», pensò Giorgio seriamente.

Bruscamente venne tolto ai suoi sogni. Con passo rapido era entrata una guardia ed era andata direttamente alla dispensa. A Giorgio si gelò il sangue nelle vene. Lo cercavano diggià? Stette fermo vincendo il movimento istintivo che lo avrebbe gettato sulla via, ma poi, osservando la vivacità con la quale la guardia parlava con l'impiegato, gli parve di indovinare ch'essa era venuta precipitosamente a dare l'ordine di non lasciarlo partire e uscì dall'atrio senza far rumore in modo che persino le due friulane vicinissime alla porta non s'accorsero della sua uscita.

Nell'oscurità della piazza ebbe tanta calma da dubitare che quella sua fuga fosse giustificata ma non tanto da ritornar nell'atrio. Risolse di fermarsi per qualche tempo a quel posto sperando che la sua fortuna gli avrebbe dato qualche altra indicazione per poter orientarsi. Non era piccola risoluzione o di facile esecuzione neppure quella di rimanere là fermo, perché calmo non si sarebbe sentito che obbedendo al suo istinto e correndo all'impazzata lontano da quel luogo. La vista di persona che forse poteva avere il mandato di arrestarlo era bastata a togliergli tutta l'audacia di cui poco prima s'era gloriato. Cercò una posizione naturale per dare anche meno nell'occhio e si sedette su una scalinata. Si sentiva a disagio così, ma sapeva che quella era una posizione naturale perché pochi giorni prima, dopo aver desinato abbondantemente una volta in quarant'otto ore, s'era seduto sui gradini di una chiesa e aveva potuto osservare che i passanti non lo vedevano.

Partire? Giocare d'audacia e partire alla cieca, senza curarsi di sapere se alla partenza stessa o alla prossima stazione sarebbe stato fermato? Lo fermò più che questo dubbio, l'orrore di quelle ore di un'angoscia che da poco conosceva.

Travestì la sua paura in un ragionamento.

«Partire significava fuggire e la fuga era una confessione. Se fosse stato colto nella fuga era perduto senza misericordia».

Sarebbe rimasto, e non gli mancarono gli argomenti neppure per rendere ragionevole il suo desiderio di non allontanarsi affatto dalla città. Chi poteva rintracciarlo? Due o tre persone che non lo conoscevano lo avevano veduto con Antonio e dalla parte proprio opposta a quella ove abitava.

Ma dopo quella prima vigliaccheria non si sentì più capace di audacie. Un'audacia utile gli veniva consigliata dal suo mobile cervello, ma anche mentre che con essa si baloccava, neppure per un istante non ebbe l'intenzione di porla ad esecuzione. Lo torturava una grande curiosità di sapere quello che la gente sapesse dell'assassinio e quali ipotesi facesse sull'assassinio. Egli avrebbe potuto portarsi di nuovo sul luogo del misfatto e informarsi con cautela. Ma a quest'uopo bisognava naturalmente parlare dell'assassinio e forse con guardie... tutta roba da far rizzare i capelli in testa.

No! Sarebbe ritornato immediatamente a quella specie di tana che da oltre un anno gli serviva d'abitazione e per lungo tempo non l'avrebbe abbandonata. Avrebbe continuato a fare la vita che aveva fatto fino allora, concedendosi soltanto quelle comodità che non potevano dare nell'occhio.

Per andare alla sua abitazione in Barriera vecchia egli avrebbe dovuto passare la spaziosa via del Torrente. Un'insormontabile paura della luce glielo impedì e spiegando a se stesso che la sua paura era cautela, infilò una viuzza solitaria che lo portò sulla collina adiacente ad una via larga ma fuori di mano, poco frequentata a quell'ora e poco illuminata. Poi con un giro enorme, sempre preferendo le vie più oscure, arrivò all'altra parte della città. Si fermò dinanzi ad una porta per uno scalino più bassa della via. Entrò, chiuse dietro a sé la porta, e nella profonda oscurità si sentì subito tranquillo. Egli aveva commesso un errore, quella passeggiata alla stazione, e, ritornato salvo in casa, gli parve di averlo annullato.

Là nessuno sapeva del suo tentativo di fuga; in uno dei canti della stanza sentiva russare Giovanni, probabilmente ubbriaco.

Cercò a tastoni il suo materasso, vi si stese e si spogliò. Cacciò la giubba nella quale v'erano i denari, sotto il guanciale e s'addormentò dopo aver brancolato verso il sonno in una fantasia disordinata. Non gli sembrava di essere stato lui l'uccisore. Quella via lontana ch'egli fuggendo aveva guardato anche una volta, l'assassinato che per sì breve tempo aveva conosciuto e quella fuga alla stazione, gli balzavano bensì dinanzi alla mente, ma senza commuoverlo o spaurirlo. Nella sua immensa stanchezza gli parve che l'oscurità in cui si trovava non avesse a diradarsi mai più. Chi sarebbe venuto a cercarlo là?

II

Giorgio nella triste società nella quale viveva, veniva chiamato il signore. Non doveva questo nomignolo alle sue maniere che pur si tradivano superiori a quelle degli altri ma più al disprezzo ch'egli dimostrava per le abitudini e i divertimenti dei suoi compagni. Costoro all'osteria erano felici mentre Giorgio vi entrava svogliato, vi stava per lo più silenzioso, e quanto più beveva tanto più triste diveniva. Il volgo ha un gran rispetto per la gente che non si diverte e Giorgio accorgendosi dell'impressione che produceva affettava maggior tristezza di quanto realmente sentisse.

In fondo la sua storia era molto semplice e solita, né egli aveva il passato splendido che voleva far credere. Gli studi di cui si vantava erano stati fatti in due classi liceali a percorrere le quali aveva messo cinque anni. Poi aveva abbandonato le scuole e in brevissimo tempo aveva dilapidato lo scarso peculio della madre. Fece vari tentativi per conservarsi il posto di borghese colto a cui la madre aveva tentato di portarlo, ma invano, perché non trovò altro impiego che di facchino. Non potendola mantenere aveva abbandonato la madre e viveva in quella stalla con altro facchino, certo Giovanni, lavorando, quando era molto attivo, due o tre giorni per settimana.

Era malcontento di sé e degli altri. Lavorava brontolando, brontolava quando riceveva la mercede e non sapeva quietarsi neppure nelle sue lunghe ore d'ozio.

Ricco non era stato mai, ma s'era trovato in condizioni nelle quali aveva potuto sognare di arrivare a stato migliore e altri a lui d'intorno, la madre principalmente, avevano sognato con lui e, certo, erano stati questi sogni e l'amarezza di vederne sempre più lontana la realizzazione che avevano costato la vita ad Antonio.

Si svegliò con un sussulto in seguito ad un grande rumore. Giovanni stava vestendosi, ed essendosi messo per errore uno stivale di Giorgio, bestemmiando se l'era levato e l'aveva gettato con violenza a terra.

Giorgio finse di dormire ancora e per proposito respirando rumorosamente ripensò con sorpresa al suo delitto. Se non fosse già stato commesso probabilmente egli non avrebbe avuto il coraggio di commetterlo, ma giacché era cosa fatta e ch'egli coi nervi quietati dal lungo riposo si trovava in quel luogo dimenticato da tutti, al sicuro, poggiando la testa sul suo tesoro, non provò né rimpianto né rimorso. Questo fu il primo sentimento in quella lunga giornata.

Giovanni oramai vestito lo prese per un braccio e lo scosse:

- Non vai a cercare lavoro, poltrone?

Giorgio aperse gli occhi e stirandosi come se si fosse destato allora, brontolò: - Già oggi non se ne trova. Resterò ancora un poco a letto.

Giovanni esclamò: - Oh! il signore! Continui pure a riposare. - Uscì sbattacchiando dietro a sé l'uscio.

Già così, senza chiave, dal di fuori non si poteva entrare, ma a Giorgio non bastò. Si levò e andò a tirare il catenaccio. Poi trasse dalle tasche le banconote e le contò.

La vista di quel denaro gli dava un sentimento di certo non giocondo: Era il ricordo del suo delitto e poteva divenirne la prova. La vista della via illuminata dal sole mattutino lo aveva agitato e invano, affannosamente, per essere di nuovo soddisfatto della sua azione, andava calcolando quanti anni con quella somma avrebbe potuto vivere libero e ricco. La preoccupazione maggiore interrompeva il calcolo e la compiacenza. «Dove celarli?»

Il pavimento era coperto di tavole che all'infuori di qualche leggera saldatura alle estremità erano semplicemente poggiate sul terrazzo. Di buoni nascondigli ve n'erano abbastanza, ma nessuno sicuro perché essendovi in tutta la stanza un solo armadio, e quello senza chiave, i due inquilini avevano l'abitudine di usare spesso di quei ripostigli.

Ma le buone idee non mancavano a Giorgio. Nascose le banconote sotto il materasso di Giovanni.

Mentre era intento al lavoro con un sorriso di compiacenza sulle labbra, un leggero rumore proveniente da un canto della stanza lo fece trasalire e abbandonato un tavolo che aveva sollevato, questo, cadendo, gli contuse una mano, producendogli un dolore che dovette morsicarsi le labbra per non gridare. Gli parve che quello schiamazzo somigliasse a quello di una lotta e fu tale il suo spavento che quando si calmò, avvilito dovette riconoscere che se le buone idee non gli mancavano, gli mancava qualche cosa che avrebbe potuto essergli di utilità immensamente maggiore in quelle circostanze.

Decise di non uscire per il momento. Gli era ben facile di trattenersi là nella semioscurità piuttosto che di andare al sole, sulla via. Vedeva la luce che penetrava dall'unica finestra e calcolava quale impressione gli doveva produrre di camminare per le vie di giorno quando s'era sentito tanto male a camminarle di notte.

Giovanni gli avrebbe portato delle notizie, le voci che correvano sull'assassino. Aveva l'abitudine di leggere giornalmente il Piccolo Corriere, e così sarebbe stato bene informato.

L'avvenimento probabilmente più importante del giorno innanzi era il suo misfatto!

Il più importante! Si sentì un malessere come se qualche peso violentemente gli si posasse sul cuore.

Anche i suoi compagni si sarebbero occupati di tale avvenimento.

Come avrebbe avuto il coraggio di parlare del suo delitto, come prima o poi vi sarebbe stato costretto? Fare l'attore in una simile parte, lui che per quanto perverso aveva il sangue che alla menoma emozione gli arrossava la faccia?

Studiò la sua parte. Comprese subito che in quelle circostanze e per quanto fosse da persona poco raffinata, di fronte al delitto, egli era costretto di dimostrare una grande, immensa indignazione. Né calma né indifferenza, perché la finzione sarebbe stata troppo difficile. L'indignazione avrebbe spiegato il rossore, avrebbe spiegato il tremito delle mani e l'attenzione intensa ch'egli non avrebbe saputo rifiutare ad ogni più piccolo particolare che gli sarebbe stato riferito sul delitto.

Si vestì, e alle 11, l'ora in cui gli operai non ancora l'invadevano, si portò all'osteria vicina. Prima di uscire dalla sua tana la guardò lungamente; aveva l'aspetto solito dopo ch'egli aveva pulita certa polvere che s'era ammassata accanto al letto di Giovanni, sotto al quale erano state smosse le tavole.

Nessuno avrebbe potuto supporre che in quella stanza era celato un tesoro.

All'osteria all'infuori della fantesca non vide nessuno. Con costei, una bella donna quantunque passatella, egli aveva amato talvolta di scherzare; in quel giorno gli riuscì impossibile.

Rimase seduto al suo posto trasalendo ad ogni rumore che poteva annunciare la venuta di altre persone.

Non aveva udito ancora neppure una parola sull'assassinio! Volle tentare di udire questa prima parola.

Era già avviato per uscire e ritornò a Teresina che portava delle stoviglie alla dispensa. La prese sotto il mento e guardandola fissa negli occhi: - Niente di nuovo Teresina? - le chiese, non trovando una domanda più abile, e nella sua voce vibrò una commozione che lo sorprese.

- Oh! Meno male! - esclamò ella allontanandosi da lui, perché erano troppo vicini alla porta. - Temevo foste ammalato vedendovi oggi così serio!

- Sto poco bene! - disse lui, e acciocché ella più facilmente glielo credesse ripeté la frase più volte. Ella si attendeva di ricevere qualche bacio ora che si era messa all'oscuro, ma egli le andò vicino, la prese per mano amichevolmente, e ripeté la sua domanda: - Niente di nuovo?

- Non sa dire altro quest'oggi? - chiese ella, e volendo fare la smorfiosa si liberò della sua stretta e fuggì.

Sulla via egli camminò con passo che volle sicuro diffilato verso la sua abitazione. Si trovava molto debole, vigliacco in modo sorprendente. Il pensiero al suo misfatto gli aveva tolto ogni naturalezza. Il suo contegno non era più naturale neppure con quella servetta! Perché andava figurandosi che tutta la città si preoccupasse dell'assassinio? Aveva chiesto alla Teresa se nulla sapesse di nuovo e s'era atteso ch'ella subito in risposta alla sua vaga domanda gli raccontasse quanto ella aveva sentito parlare del misfatto. «Oh! Bisogna mutare di contegno», si disse, nella fiera risoluzione morsicandosi le labbra, «ne va della pelle». Si era contenuto tanto scioccamente con Teresa che l'aveva resa capace di divenire un testimonio a suo carico.

Forse in città nulla si sapeva dell'assassinio! Questa speranza per quanto insensata diminuì il suo abbattimento. Era l'unica ipotesi felice per lui perché egli aveva capito che non rimaneva impunito se anche non veniva scoperto; quel terrore continuo era già per sé una grave punizione. Chi poteva saperlo? Per un fenomeno qualunque il cadavere di Antonio poteva essere scomparso dalla faccia della terra. Probabilmente sempre è stata la speranza che ha supposto nella natura il miracolo.

Ma troppo presto questa speranza venne distrutta. A mezzodì capitò Giovanni e anche a lui egli disse di essere indisposto per scusarsi di non essere andato al lavoro.

- Ah! Così - fece Giovanni e finché non continuò, Giorgio attribuì il sorriso ironico che gli vedeva errare sulle labbra ad un sospetto. - Sei ammalato come al solito, eh?

Infatti non era la prima volta che Giorgio si diceva ammalato per scusare la sua infingardaggine.

Poi subito senz'altra transizione che uno sbadato: - Hai inteso? - Giovanni incominciò a raccontare del delitto di via Belpoggio. Mangiava del pane che s'era portato di pranzo e quelle parole attese da Giorgio con febbrile impazienza uscivano dalla sua bocca una alla volta con lunghi intervalli. - Certo, Antonio Vacci... pare si tratti di oltre trentamila fiorini. Un bel colpo! Il cuore spaccato! Se è vissuto dieci secondi dopo di aver ricevuto quel colpo è assai.

Giorgio non si agitava soltanto per la sua ultima speranza che crollava. Era stato quel cuore spaccato che gli aveva dato il dolore al braccio; forse nel suo braccio aveva sentito le ultime vibrazioni del viscere moribondo, e l'idea di quel contatto immediato lo faceva fremere. Si sapevano da tutti persino i particolari del delitto; doveva sembrare enorme. Sul corpo di Antonio non era rimasta traccia della istantaneità del fatto, ma della violenza sì.

Non ardiva aprir bocca. Cribrava ogni parola che gli saliva alle labbra e la ringoiava perché ognuna gli pareva dovesse dare sospetto. Non c'era mezzo di far parlare quell'individuo tutto occupato dal suo magro cibo e che nelle tante riflessioni che emetteva non aveva detto ancora nulla sulle supposizioni che dovevano essere state fatte in città sul suo conto?

Finalmente Giorgio trovò una frase che gli parve un capolavoro di naturalezza: - E l'assassino chi è? - Per trovare questa frase aveva dovuto prima esaminare quanta parte del fatto di cui trattavasi fosse a sua conoscenza soltanto perché egli lo aveva commesso, poi esaminare quanto nelle parole di Giovanni vi fosse di oscuro perché era pericoloso dimostrare di aver capito troppo presto tutto - Sì l'assassino chi è?

Con grande gioia egli osservò che l'altro s'impazientava. Mettendovisi con tutt'attenzione egli sapeva dunque ingannare abbastanza abilmente e questa volta non ebbe che un solo rimorso. Nella gioia di aver trovato quella frase l'aveva ripetuta quasi inconsapevole.

- Non te l'ho già detto? Non l'hanno trovato finora. Non si sa chi sia.

E da Giovanni di più non poté sapere ed egli vi rinunciò. Per avere le notizie che Giovanni gli poteva dare non aveva il bisogno di sottostare al supplizio di un colloquio. Se le sarebbe procurate da un giornale.

Un quarto d'ora dopo l'uscita del facchino con un coraggio ch'egli stesso ammirava, egli uscì non senza avere titubato per qualche istante. Col desiderio di notizie ch'era stato stimolato in lui da Giovanni non poteva attendere più oltre.

Per giungere all'edicola più vicina del Piccolo Corriere gli occorreva camminare per dieci minuti circa. Camminava dapprima rasente ai muri, poi, per il volgare ragionamento che l'aspetto di voler celarsi avrebbe potuto dar sospetto, franco in mezzo alla via, con passo che voleva essere disinvolto ma che s'impacciava continuamente. Aveva dunque disimparato di camminare?

Avuto il giornale si rintanò immediatamente. Si gettò sul materasso che aveva trascinato sotto all'unica finestra e si mise a leggere. Mai in tutta la sua esistenza egli non aveva trovato tanto interesse a un pezzo di carta stampata, giammai su questa carta egli aveva saputo rivolgere tutta la sua attenzione e dimenticare il proprio contorno da sembrargli, cessata la lettura, di destarsi da un lungo sogno.

L'assassinio era il fatto più importante della cronaca locale e la riempiva quasi del tutto. Il racconto del misfatto era preceduto da alcune considerazioni fatte dal giornale sulla frequenza con cui simili fatti di sangue si verificano in città e con un tono d'amarezza che certamente impressionò maggiormente l'assassino che leggeva che le autorità a cui era destinato, si lagnava della trascuratezza con cui s'invigilava alla pubblica sicurezza.

Leggendo a lui sembrava di odiare il giornale! Perché quell'accanimento? Certamente anche se egli fosse stato punito l'altro non si sarebbe risvegliato più. Non bastava l'accanimento che già naturalmente ci avrebbe messo l'autorità a ricercarlo?

Da tutto l'articolo appariva o si voleva far apparire, che l'assassinio aveva destato la massima sensazione in città. Si trattava di un misfatto, diceva il giornalista, commesso con un'audacia inaudita, in una via della città abbastanza vicina al centro e ad un'ora avanzata bensì, ma non tanto che si dovesse supporne specialmente spopolato quel rione. Un passante qualunque per la sola ragione che aveva seco del denaro era stato ucciso proditoriamente.

S'ingannavano e Giorgio avrebbe dovuto esserne lieto perché in tale modo il sospetto sarebbe caduto anche più difficilmente su lui; nessuno aveva veduto la vittima accompagnata dall'assassino. Però descritto in tale modo quale l'opera di un aggressore che aveva ucciso un passante qualunque solo perché nelle sue tasche aveva supposto del denaro il delitto diveniva ben più terribile; il malessere di Giorgio ne veniva aumentato. Costoro che di lui parlavano non sapevano a quale tentazione egli era stato esposto dall'imbecillità di Antonio.

Era facile a comprendere che descritto in tale guisa l'assassinio doveva commuovere tutta la città. Ognuno sentiva minacciata la propria amata persona e sarebbe divenuto al caso un utile ausiliare della polizia.

Dell'assassino non una sola parola giusta.

Poco prima del fatto, raccontava il giornale, erano stati veduti aggirarsi in quei pressi due individui di pessimo aspetto presumibilmente gli autori dell'omicidio.

Quest'errore era assolutamente consolante per Giorgio ed egli stesso si meravigliò di non sentirsi scendere nel cuore un po' di calma all'apprenderlo.

Quell'articolo l'aveva scosso profondamente. Egli aveva sospettato delle persecuzioni fatte con maggiore fortuna, ma, per quanto sfortunate ora che vi si trovava di fronte, lo agitavano e lo impaurivano. Forse esiste nel nostro organismo qualche parte tanto delicata che già si risente al solo augurio del male. Egli sentiva convergere sul suo tale un cumulo di odio, che, per quanto impotente dovesse sembrargli per il momento, lo opprimeva.

Il giornale che non poteva dire una parola sull'assassino, si sfogava col fare una biografia particolareggiata dell'assassinato.

Antonio Vacci era maritato e padre di due ragazze. La famiglia era vissuta poveramente fino a qualche mese prima, in cui le era toccata inaspettata una vistosa eredità. Il Vacci veniva descritto quale persona di poco cervello e che dacché era arricchito aveva l'abitudine di portare seco una grossa somma di denaro che faceva vedere a chi lo desiderava.

Non era quindi possibile di elevare dei sospetti contro quelle persone che sapevano di questo tesoro ambulante perché erano troppe. «Intanto», soggiungeva il giornale, «l'autorità fa subito degli interrogatori a tutti gli abitanti della casa ove abitava il povero Vacci».

«Oh! Fossi fuggito», pensò con rammarico cocente l'assassino. Da quanto aveva letto era chiaro che il sospetto fino ad allora non era caduto su di lui e partendo da Trieste la sera innanzi egli sarebbe potuto giungere fino in Isvizzera[1] prima di aver a temere persecuzioni. Riteneva fondatamente che il profondo malessere che lo rendeva tanto infelice non lo avrebbe colto se si fosse trovato lontano dal luogo ove aveva ucciso.

Verso sera si recò anche una volta all'aperto. Camminò più franco ed egli si affrettò ad attribuire quel coraggio alla certezza di sapersi inosservato. Ma la paura regnava sovrana nel suo organismo. A farlo trasalire bastava qualche cosa d'immediato e impreveduto, per esempio di trovarsi improvvisamente faccia a faccia con una montura qualunque che magari somigliasse soltanto a

---

1   L'assassino riteneva che sarebbe stato al sicuro in Svizzera. Si capisce che aveva una nozione imperfetta dei trattati d'estradizione. (N.d.A.)

quella di una guardia. Non era la lettura del giornale, la sicurezza di sapersi non sospettato che gli dava coraggio, e finì col riconoscerlo anche lui. Era l'abitudine alla nuova posizione che gli permetteva di muoversi più sciolto. Gran parte di quello che noi diciamo coraggio è l'esperienza e l'abitudine del pericolo.

III

Giovanni entrando alle sette di sera lo guardò con cipiglio comicamente serio: - Sai che si sospetta che tu sii l'assassino di Antonio Vacci? - gli disse a bruciapelo.

Giorgio era nell'oscurità, sul suo giaciglio. Egli sentì che se non fosse stato così, l'altro, alla sola vista della sua fisonomia, che doveva essersi alterata orribilmente, avrebbe compreso che quel sospetto di cui parlava scherzosamente era ben fondato. Ove erano iti i suoi propositi di freddezza e di disinvoltura? - Chi? - balbettò. Non si poteva movere una domanda più sciocca ma l'aveva preferita a tutte le altre perché la più breve che gli fosse venuta in mente.

Giovanni rispose che tutti i loro amici ne parlavano. A quanto raccontava il Piccolo Corriere della Sera una donna aveva veduto fuggire l'assassino dal luogo del delitto, anzi quasi ne era stata gettata a terra, e aveva saputo dare sul suo aspetto dei particolari abbastanza precisi: Intanto dei capelli ricci neri, abbondantissimi, e un cappello a cencio.

Lo spavento che in Giorgio era stato provocato dalle prime parole di Giovanni, da queste ultime venne alquanto diminuito. Piccolissima, ma qualche tranquillità gliene doveva derivare. Egli si rammentava di quella donna la quale lo aveva visto nell'oscurità e per un breve istante, tale che sicuramente non le aveva concesso di osservare in lui altro all'infuori del cappello a cencio e dei capelli neri. Di più ella non lo aveva visto uccidere e se anche lo avesse ritrovato e riconosciuto, egli non era del tutto perduto; poteva salvarsi negando. Certo! Era atroce la sua situazione ed egli ne era consapevole, ma tutt'altro che disperata. I capelli si potevano tagliare e mutare il cappello.

- Guarda quale combinazione! - disse pronto a Giovanni con un'audacia di cui poco prima non si sarebbe creduto capace. - Nell'ozio di quest'oggi io avevo deciso di tagliare i capelli che mi pesano, e anche... anche mutare questo cappello a cencio che non mi piace.

Non c'era male, ma lo spavento trapelava se non dalle parole dal suono della voce, e un osservatore più abile di Giovanni se ne sarebbe accorto.

Con intelligenza costui osservò: - Se non vuoi avere seccature da parte della polizia farai bene a non mutare per ora né la tua barba né il tuo cappello.

- Ma se ci sei tu per dichiarare che avevo l'intenzione di fare questi mutamenti prima che del cappello o della barba dell'assassino si parlasse.

Oh! Se avesse potuto trarre Giovanni nella sua orbita, farne il suo complice! Se non fosse stata quella orribile paura di vederlo sorgere quale primo accusatore gli avrebbe gettato le braccia al collo, gli si sarebbe confidato e gli avrebbe offerto metà del suo tesoro imponendogli metà delle sue torture. Gli sarebbe sembrata la liberazione quella di avere un complice, perché egli credeva che avrebbe mutato natura il suo terrore se avesse potuto metterlo in parole. Quel pensiero continuo dei suoi persecutori gli sembrava più terribile perché non espresso. Causa la mancanza della parola ragionata egli credeva di non aver saputo prendere una risoluzione energica che lo avrebbe salvato. Si ragionava tanto male con quelle idee mobili che passavano per la mente senza lasciarvi traccia, inafferrabili pochi istanti dopo nate.

Fece un leggero tentativo di ottenere aiuto da Giovanni non appellandosi però con una confessione alla sua amicizia, ma confidando nella debolezza del cervello di costui. - Del resto - disse con noncuranza - sai bene che all'ora in cui dicono che il misfatto è stato commesso, io ero già a letto, tant'è vero che mi salutasti entrando.

- Non rammento! - disse Giovanni con un'esitazione che chiuse definitivamente la bocca a Giorgio; somigliava molto a un sospetto.

E tacque quantunque Giovanni poi sembrasse parlare appositamente per ridargli il coraggio che gli aveva tolto.

Poco prima di uscire disse: - Ecco un colpo di coltello che frutta bene a quel brav'uomo che lo diede. Io se vivessi cento anni e sempre lavorassi, non guadagnerei quanto costui ha conquistato in un solo istante. In fondo sono pregiudizi che ci trattengono dal fare il nostro interesse. Paff! Un colpo bene assestato e si ha tutto quello che occorre.

Guardandolo uscire Giorgio pensava che forse Giovanni sarebbe stato capace di ammazzarlo al sicuro per trafugargli il suo tesoro ma che non avrebbe accettato la complicità in un affare pericoloso. Egli si sentiva migliore di molto di lui che a sangue freddo predicava l'assassinio. Egli l'aveva commesso ma in un dato momento, vinto dalla tentazione di rendere suoi quei denari che lo salvavano dalla sua infelicissima vita. Non aveva ragionato e in quell'istante nemmeno se avesse avuto presente la punizione che gli sarebbe potuta toccare per quel fatto, la forca, il boia, non si sarebbe lasciato trattenere. Aveva dunque arrischiato la propria vita per prendersi l'altrui e, non come vigliaccamente faceva Giovanni, accarezzato l'idea di uccidere al sicuro.

O forse ora se ne era dimenticato? L'atto di cui egli ricordava l'istantaneità non era stato prodotto da un'aberrazione momentanea e lo provava la soddisfazione ch'egli lungamente aveva sentita scoprendosi in quello stesso atto forte ed energico. Oscuramente poi si ricordò che qualche idea molto simile a quella enunciata da Giovanni doveva essere passata anche per la sua mente. Quale strano indebolimento della memoria! L'assassinio era venuto a dividere la sua vita in due parti e al di là di quell'avvenimento egli non ricordava le proprie idee, le proprie sensazioni, il proprio individuo che oscuramente come se si fosse trattato di cose non vissute ma udite raccontare, molti, molti anni prima.

Ora, doveva rassegnarsi a riconoscerlo, egli era un individuo di cui la soppressione veniva desiderata da un'intera società.

Come sfuggire a tale odio, come rendersene meno degno? Se egli fosse stato chiamato a dare ragione del suo misfatto, che cosa avrebbe detto per diminuirne agli occhi altrui la crudeltà, convincerli ch'egli era migliore di quanto poteva apparire se giudicato unicamente da quella sua azione? Egli avrebbe raccontato che un individuo ch'egli appena conosceva gli aveva consegnato del denaro quasi dicendogli: «Se mi uccidi sono tuoi!» che egli seguendo l'invito lo aveva ucciso.

Non avrebbe trovato altro da dire? Sicuramente ciò non bastava a giustificarlo né a far apparire minore la sua colpa e scoprendo che vi era l'impossibilità di convincere altri della propria innocenza, egli finì col riconoscere che il suo sentimento era anormale, irragionevole. Strano infatti il sentimento d'innocenza in un individuo che aveva ucciso e non per amore o per odio ma per avidità.

Egli non poteva più ingannare se stesso, ma gl'importava tanto di diminuire l'odio e il disprezzo nei suoi futuri giudici che a quello scopo dedicò tutto il suo pensiero e quando credette di aver scoperto i mezzi per raggiungerlo, in quell'opera impiegò un tempo prezioso, nel quale avrebbe potuto fors'anche salvarsi.

Da parecchi anni non s'era rammentato di sua madre ed ora pensava a lei per farsi aiutare in una finzione che aveva progettato. Se il suo delitto fosse stato scoperto, e non stava in suo potere d'impedirlo, egli avrebbe asserito che l'aveva commesso per porsi in stato di aiutare la sua vecchia madre.

A notte fatta egli fece la lunga gita a S. Giacomo ove doveva trovarsi la madre. Camminando non pensava affatto al piacere di rivederla; rifaceva la scena su cui aveva già fantasticato, in cui si sarebbe giustificato dinanzi ai giudizi.

Il suo delitto non aveva avuto altro scopo che di rendere aggradevoli gli ultimi anni di vita di una povera vecchia, di sua madre. Non ne dubitava più. Gli sarebbe stato facile di mutare in un'indulgenza commessa l'orrore che avrebbe ispirato la sua azione.

Era certo di poter indurre sua madre a recitare la commedia. Era una donna intelligente che non lo amava dacché egli aveva tradito le speranze ch'ella in lui aveva riposte, ma che lo avrebbe accarezzato non appena saputolo ricco. A lui era di grande conforto quella speranza di affetto ch'egli avrebbe corrisposto con tutte le forze dell'anima sua. In quell'affetto si sarebbe quietata la sua agitazione, si sarebbero annegati quelli che impropriamente egli chiamava rimorsi. L'avrebbe trattata dolcemente, si sarebbe confidato a lei come a se stesso, e avrebbe posto a sua disposizione tutto il suo denaro. Quell'amore gli nasceva nel cuore addirittura violento. Nulla di simile era mai passato per la sua anima. Egli era stato sempre egoista e duro ed ora si compiaceva nell'idea di accarezzare un essere debole e farsene lo schiavo e il difensore.

Scorse un ragazzo seduto accanto alla prima casa operaia. Lo riconobbe e provò un sentimento giocondo: Era Giacomino, il figliuolo di un vicino della madre.

Il ragazzo nell'ombra fumava con voluttà; vedendo Giorgio arrossendo si levò in piedi e celò la sigaretta nel cavo della mano.

Giorgio gli sorrise e voleva rassicurarlo, dirgli ch'egli di certo non lo avrebbe denunciato al padre, ma non aveva tempo e si limitò a quel sorriso.

- Mia madre dov'è? - chiese con premura come se avesse da portarle una notizia urgente.

Più rassicurato da quel sorriso che attristato dalla triste notizia che doveva dare, il ragazzo disse: - Sua madre? - e spese queste due uniche parole per preparare Giorgio, aggiunse rapidamente: - Sua madre è morta da otto giorni all'ospedale. Anzi papà sarà contento di vederla perché da parte della signora Annetta ha da dirle qualche cosa. Vado a chiamarlo!

- Non occorre, non occorre - disse Giorgio con voce afona, e, già allontanandosi, in modo che il ragazzo forse non poté udirlo aggiunse: - Ritornerò domani, addio.

Così perdette quella speranza che in poche ore aveva accarezzato tanto da finire col tenerci addirittura quanto alla speranza di non venir scoperto. Non era il dolore per la morte della madre che lo faceva barcollare e che gli offuscava la vista. Egli non vedeva dinanzi a sé il volto della defunta ora illividito, o non richiamava alla mente la voce che non doveva udire più mai, o il gesto che tanto spesso era stato affettuoso per lui. Era morta inopportunamente quella vecchia e la sua morte faceva di lui di nuovo un vile assassino rapace.

Fu questa notizia sorprendente che gli tolse la capacità di pensare e lo gettò in braccio ai suoi persecutori. In quelle ore in cui s'era cullato nel sogno di fingere al suo delitto uno scopo nobile e guadagnarsi nel caso in cui fosse stato preso la commiserazione dei suoi simili, egli non aveva pensato al difficile compito di sfuggire alla pena. Perduta questa speranza la paura lo aveva guadagnato di nuovo del tutto ed egli fuggiva anche adesso che ritornando in città si avvicinava maggiormente al pericolo.

Nella oscurità accanto a piazza della Barriera, ebbe una strana visione.

Con lo stesso suo passo veloce camminava dinanzi a lui un ometto curvo, piccolo, misero, le mani ostinatamente in tasca, Antonio Vacci insomma. Lo vedeva distintamente, scorgeva tutte le particolarità della miserabile personcina, persino i radi capelli grigi accuratamente lisciati sulle tempie, e per un istante non ebbe dubbio di sorta: Antonio era vivo!

Non si fermò a riflettere come ciò potesse essere dopo ch'egli l'aveva visto giacere in terra come cosa senza vita. Antonio era vivo ed egli non aveva ucciso. Si cacciò innanzi con un urlo. Voleva offrirgli la restituzione di tutti i suoi denari, magari obbligandosi a dargliene degli altri in futuro e non chiedergli nulla in compenso, soltanto che vivendo testificasse ch'egli non aveva ucciso.

Stupefatto si trovò dinanzi ad una faccia misera, dalla pelle incartapecorita ma del tutto sconosciuta, non quella di Antonio, e ripiombò nella sua disperazione con questo di più che essendosi trovato a desiderare la vita di Antonio con una intensità maggiore, egli si giudicò anche meno degno di odio e di persecuzione e provò una forte compassione di se stesso che gli cacciò le lagrime agli occhi.

Egli si vedeva come un uomo che capitato per propria colpa su un'erta china precipita e rimangono inutili tutti i suoi sforzi per fermarsi perché il terreno frana sotto ai suoi piedi e gli arbusti a cui si attacca non resistono. Gli sembravano sforzi per fermarsi quella gita in cerca di sua madre e la speranza di ritrovare Antonio vivo!

Invece appena allora, in quell'agitazione in cui si trovava, fece l'unico sforzo per salvarsi, ma tanto balordamente che fu quello stesso sforzo che lo perdette. L'uomo sulla china, per salvarsi, non aveva trovato di meglio che secondarla e precipitarsi da sé a valle.

Bisognava liberarsi da quel cappello a cencio che gli pesava sulla testa come il suo delitto stesso. Non rammentò l'intelligente osservazione di Giovanni e risoluto entrò da un cappellaio. Era l'ora in cui si doveva venir osservati meno perché si stava già chiudendo il negozio, ma egli non pensò che trasudato dalla corsa e agitato da tante emozioni, sarebbe bastato un solo sospetto per scoprire in lui il malfattore che fugge.

Una ragazza già vestita per abbandonare il negozio, inguantata, elegante, con certi occhi neri spiritati dall'impazienza, gli chiese che cosa desiderasse e udito che voleva un cappello con una smorfia ritornò dietro il banco. Il padrone un giovine alto e magro si alzò da un piccolo tavolo posto nel fondo del negozio.

Prima che si alzasse Giorgio non lo aveva veduto ed ora non lo guardava ma si sentiva osservato da lui, ciò che finì con lo sconcertarlo.

- Presto - mormorò con accento supplichevole che alla ragazza dovette sembrare fuori di posto.

Ella gli offerse un altro cappello a cencio. - No - disse lui con qualche vivacità.

Ella gliene porse un altro ch'egli prese in mano risoluto di non rimanere più oltre in quella luce, osservato con intensa curiosità dalla ragazza, dal padrone e dal facchino che aveva tralasciato di ritirare i cappelli esposti evidentemente soltanto per guardarlo.

Egli ben volentieri avrebbe fatto a meno di provare il cappello nuovo prima di pagarlo, ma capì che ne era obbligato dalla più rudimentale prudenza. Si levò il cappello a cencio e la faccia venne inondata da un sudore abbondante. - Caldo? - chiese la ragazza motteggiando.

Egli esitò un istante prima di rispondere. Gli parve che da quella domanda gli fosse stata data l'occasione di spiegare che si trovava in quello stato in seguito alla lunga gita da lui fatta e non per altra ragione. Ma non seppe avere tanta audacia. - Sì! Molto caldo! - mormorò rasciugandosi la fronte.

Pagò e uscì dimenticandosi di prendere con sé il cappello a cencio. Il cappello nuovo, troppo piccolo, gli stava in testa in equilibrio e malfermo gli dava immenso fastidio.

In piazza della Barriera per la quale dovette ripassare vide Giovanni con altri tre operai. Si avvicinò loro esitante, sapendo allora per esperienza che ogni sua parola ogni suo gesto sarebbe stato tanto strano da destare sospetto.

L'accolsero con saluto glaciale e lo guardarono con diffidenza. Non era un inganno della sua paura; così non lo avevano trattato mai. Lo guardavano con curiosità e nessuno gli rivolse la parola.

A mezzo ubbriaco dal terrore egli ebbe un ultimo tentativo di disinvoltura:

- Si va all'osteria? Pagherò io per questa sera.

Giovanni gli disse: - Essi sospettano che tu sii l'assassino di via Belpoggio e finché non ti sei nettato di questo sospetto non vogliono venire con te! - Egli comprese che se fosse stato innocente avrebbe dovuto atterrare chi per primo elevava un simile sospetto. Ma che cosa poteva fare con quel tremito che gl'invadeva le membra e gl'impediva persino la parola?

I quattro operai si allontanarono inorriditi da lui. Il loro sospetto era divenuto certezza.

Barcollando egli si allontanò.

Aveva fatto pochi passi quando si sentì preso con violenza per ambedue le braccia e udì qualcuno che vicinissimo al suo orecchio gridò: «In nome della legge».

Ebbe una violenta allucinazione mentre gli rimaneva abbastanza di coscienza per capire che non era altro che un'allucinazione. Intese un enorme fragore, il rumore di cose che crollavano, le imprecazioni di una folla armata e vide dinanzi a sé Antonio che rideva sgangheratamente, le mani nelle tasche, nelle quali certo aveva riposto il suo tesoro riconquistato. Poi più nulla.

Si ritrovò adagiato sul suo giaciglio. Nella stanza v'era una sola guardia.

Due uomini vestiti in borghese, di cui uno, piccolo e tarchiato, con un volto grasso e dolce sembrava il superiore, contavano i denari che già avevano trovati sotto il giaciglio di Giovanni.

Costui li aveva aiutati e stava in posizione rispettosa in un canto della stanza. Alla porta vi era un'altra guardia, che tratteneva la folla che si spingeva innanzi.

- Assassino! - gli gridò una vecchia alla quale era riuscito di giungere fino sul limitare della porta, e sputò.

Era perduto! Non poteva negare, ma quello ch'era peggio non avrebbe mai trovato le parole per descrivere le torture da lui sofferte e che avrebbero attenuato la sua colpa. Per tutti costoro egli era una macchina malvagia di cui ogni movimento era una mala azione o il desiderio di farla, mentre egli sentiva di essere un miserabile giocattolo abbandonato in mano capricciosa.

Con voce dolcissima l'uomo dal volto dolce gli chiese se stesse meglio, poi il nome. In quella faccia non vi era segno di odio o di disprezzo e Giorgio dicendo il proprio nome lo guardò fisso per non vedere la folla alla porta.

Poi la medesima persona comandò alla guardia di far entrare per il confronto quella donna e il cappellaio.

- No! - pregò Giorgio, e abbondanti lagrime gl'irrigarono il volto. - Ella mi sembra buono e non mi torturerà inutilmente; le dirò tutto, tutta la verità.

Poi indugiò alquanto quasi per attendere una ispirazione che lo portasse a tacere, a salvarsi, ma bastò un piccolo movimento d'impazienza del suo interlocutore per far cessare ogni esitazione. - Sono io l'assassino di Antonio - disse con voce semispenta.

Vino generoso

Andava a marito una nipote di mia moglie, in quell'età in cui le fanciulle cessano d'essere tali e degenerano in zitelle. La poverina fino a poco prima s'era rifiutata alla vita, ma poi le pressioni di tutta la famiglia l'avevano indotta a ritornarvi, rinunziando al suo desiderio di purezza e di religione, aveva accettato di parlare con un giovane che la famiglia aveva prescelto quale un buon partito. Subito dopo addio religione, addio sogni di virtuosa solitudine, e la data delle nozze era stata stabilita anche più vicina di quanto i congiunti avessero desiderato. Ed ora sedevamo alla cena della vigilia delle nozze.

Io, da vecchio licenzioso, ridevo. Che aveva fatto il giovane per indurla a mutare tanto presto? Probabilmente l'aveva presa fra le braccia per farle sentire il piacere di vivere e l'aveva sedotta piuttosto che convinta. Perciò era necessario si facessero loro tanti auguri. Tutti, quando sposano, hanno bisogno di auguri, ma quella fanciulla più di tutti. Che disastro, se un giorno essa avesse dovuto rimpiangere di essersi lasciata rimettere su quella via, da cui per istinto aveva aborrito. Ed anch'io accompagnai qualche mio bicchiere con auguri, che seppi persino confezionare per qualche caso speciale: - Siate contenti per uno o due anni, poi gli altri lunghi anni li sopporterete più facilmente, grazie alla riconoscenza di aver goduto. Della gioia resta il rimpianto ed è anche esso un dolore, ma un dolore che copre quello fondamentale, il vero dolore della vita.

Noi pareva che la sposa sentisse il bisogno di tanti auguri. Mi sembrava anzi ch'essa avesse la faccia addirittura cristallizzata in un'espressione d'abbandono fiducioso. Era però la stessa espressione che già aveva avuta quando proclamava la sua volontà di ritirarsi in un chiostro. Anche questa volta essa faceva un voto, il voto di essere lieta per tutta la vita. Fanno sempre dei voti certuni a questo mondo. Avrebbe essa adempiuto questo voto meglio del precedente?

Tutti gli altri, a quella tavola, erano giocondi con grande naturalezza, come lo sono sempre gli spettatori. A me la naturalezza mancava del tutto. Era una sera memoranda anche per me. Mia moglie aveva ottenuto dal dottor Paoli che per quella sera mi fosse concesso di mangiare e bere come tutti gli altri. Era la libertà resa più preziosa dal mònito che subito dopo mi sarebbe stata tolta. Ed io mi comportai proprio come quei giovincelli cui si concedono per la prima volta le chiavi di casa. Mangiavo e bevevo, non per sete o per fame, ma avido di libertà. Ogni boccone, ogni sorso doveva essere l'asserzione della mia indipendenza. Aprivo la bocca più di quanto occorresse per ricevervi i singoli bocconi, ed il vino passava dalla bottiglia nel bicchiere fino a traboccare, e non ve lo lasciavo che per un istante solo. Sentivo una smania di muovermi io, e là, inchiodato su quella sedia, seppi avere il sentimento di correre e saltare come un cane liberato dalla catena.

Mia moglie aggravò la mia condizione raccontando ad una sua vicina a quale regime io di solito fossi sottoposto, mentre mia figlia Emma, quindicenne, l'ascoltava e si dava dell'importanza completando le indicazioni della mamma. Volevano dunque ricordarmi la catena anche in quel momento in cui m'era stata levata? E tutta la mia tortura fu descritta: come pesavano quel po' di carne che m'era concessa a mezzodì, privandola d'ogni sapore, e come di sera non ci fosse nulla da pesare, perché la cena si componeva di una rosetta con uno spizzico di prosciutto e di un bicchiere di latte caldo senza zucchero, che mi faceva nausea. Ed io, mentre parlavano, facevo la critica della scienza del dottore e del loro affetto. Infatti, se il mio organismo era tanto logoro, come si poteva ammettere che quella sera, perché ci era riuscito quel bel tiro di far sposare chi di sua elezione non l'avrebbe fatto, esso potesse improvvisamente sopportare tanta roba indigesta e dannosa? E bevendo mi preparavo alla ribellione del giorno appresso. Ne avrebbero viste di belle.

Gli altri si dedicavano allo champagne, ma io dopo averne preso qualche bicchiere per rispondere ai vari brindisi, ero ritornato al vino da pasto comune, un vino istriano secco e sincero, che un amico di casa aveva inviato per l'occasione. Io l'amavo quel vino, come si amano i ricordi e non diffidavo di esso, né ero sorpreso che anziché darmi la gioia e l'oblio facesse aumentare nel mio animo l'ira.

Come potevo non arrabbiarmi? M'avevano fatto passare un periodo di vita disgraziatissimo. Spaventato e immiserito, avevo lasciato morire qualunque mio istinto generoso per far posto a pastiglie, gocce e polverette. Non più socialismo. Che cosa poteva importarmi se la terra, contrariamente ad ogni più illuminata conclusione scientifica, continuava ad essere l'oggetto di proprietà privata? Se a tanti, perciò, non era concesso il pane quotidiano e quella parte di libertà che dovrebbe adornare ogni giornata dell'uomo? Avevo io forse l'uno o l'altra?

Quella beata sera tentai di costituirmi intero. Quando mio nipote Giovanni, un uomo gigantesco che pesa oltre cento chilogrammi, con la sua voce stentorea si mise a narrare certe storielle sulla propria furberia e l'altrui dabbenaggine negli affari, io ritrovai nel mio cuore l'antico altruismo. - Che cosa farai tu - gli gridai - quando la lotta fra gli uomini non sarà più lotta per il denaro?

Per un istante Giovanni restò intontito alla mia frase densa, che capitava improvvisa a sconvolgere il suo mondo. Mi guardò fisso con gli occhi ingranditi dagli occhiali. Cercava nella mia faccia delle spiegazioni per orientarsi. Poi, mentre tutti lo guardavano, sperando di poter ridere per una di quelle sue risposte di materialone ignorante e intelligente, dallo spirito ingenuo e malizioso, che sorprende sempre ad onta sia stato usato ancor prima che da Sancho Panza, egli guadagnò tempo dicendo che a tutti il vino alterava la visione del presente, e a me invece confondeva il futuro. Era qualche cosa, ma poi credette di aver trovato di meglio e urlò: - Quando nessuno lotterà più per il denaro, lo avrò io senza lotta, tutto, tutto. - Si rise molto, specialmente per un gesto ripetuto dei suoi braccioni, che dapprima allargò stendendo le spanne, eppoi ristrinse chiudendo i pugni per far credere di aver afferrato il denaro che a lui doveva fluire da tutte le parti.

La discussione continuò e nessuno s'accorgeva che quando non parlavo bevevo. E bevevo molto e dicevo poco, intento com'ero a studiare il mio interno, per vedere se finalmente si riempisse di benevolenza e d'altruismo. Lievemente bruciava quell'interno. Ma era un bruciore che poi si sarebbe diffuso in un gradevole tepore, nel sentimento della giovinezza che il vino procura, purtroppo per breve tempo soltanto.

E, aspettando questo, gridai a Giovanni: - Se raccoglierai il denaro che gli altri rifiuteranno, ti getteranno in gattabuia.

Ma Giovanni pronto gridò: - Ed io corromperò i carcerieri e farò rinchiudere coloro che non avranno i denari per corromperli.

- Ma il denaro non corromperà più nessuno.

- E allora perché non lasciarmelo?

M'arrabbiai smodatamente: - Ti appenderemo - urlai. - Non meriti altro. La corda al collo e dei pesi alle gambe.

Mi fermai stupito. Mi pareva di non aver detto esattamente il mio pensiero. Ero proprio fatto così, io? No, certo no. Riflettei: come ritornare al mio affetto per tutti i viventi, fra i quali doveva pur esserci anche Giovanni? Gli sorrisi subito, esercitando uno sforzo immane per correggermi e scusarlo e amarlo. Ma lui me lo impedì, perché non badò affatto al mio sorriso benevolo e disse, come rassegnandosi alla constatazione di una mostruosità: - Già, tutti i socialisti finiscono in pratica col ricorrere al mestiere del carnefice.

M'aveva vinto, ma l'odiai. Pervertiva la mia vita intera, anche quella che aveva precorso l'intervento del medico e che io rimpiangevo come tanto luminosa. M'aveva vinto perché aveva rivelato lo stesso dubbio che già prima delle sue parole avevo avuto con tanta angoscia.

E subito dopo mi capitò un'altra punizione.

- Come sta bene - aveva detto mia sorella, guardandomi con compiacenza, e fu una frase infelice, perché mia moglie, non appena la sentì, intravvide la possibilità che quel benessere eccessivo che mi coloriva il volto, degenerasse in altrettanta malattia. Fu spaventata come se in quel momento qualcuno l'avesse avvisata di un pericolo imminente, e m'assaltò con violenza: - Basta, basta, - urlò - via quel bicchiere. - Invocò l'aiuto del mio vicino, certo Alberi, ch'era uno degli uomini più lunghi della città, magro, secco e sano, ma occhialuto come Giovanni. - Sia tanto buono, gli strappi di mano quel bicchiere. - E visto che Alberi esitava, si commosse, s'affannò: - Signor Alberi, sia tanto buono, gli tolga quel bicchiere.

Io volli ridere, ossia indovinai che allora a una persona bene educata conveniva ridere, ma mi fu impossibile. Avevo preparato la ribellione per il giorno dopo e non era mia colpa se scoppiava subito. Quelle redarguizioni in pubblico erano veramente oltraggiose. Alberi, cui di me, di mia moglie e di tutta quella gente che gli dava da bere e da mangiare non importava un fico fresco, peggiorò la mia situazione rendendola ridicola. Guardava al disopra dei suoi occhiali il bicchiere ch'io stringevo, vi avvicinava le mani come se si fosse accinto a strapparmelo, e finiva per ritirarle con un gesto vivace, come se avesse avuto paura di me che lo guardavo. Ridevano tutti alle mie spalle, Giovanni con un certo suo riso gridato che gli toglieva il fiato.

La mia figliuola Emma credette che sua madre avesse bisogno del suo soccorso. Con un accento che a me parve esageratamente supplice, disse: - Papà mio, non bere altro.

E fu su quell'innocente che si riversò la mia ira. Le dissi una parola dura e minacciosa dettata dal risentimento del vecchio e del padre. Ella ebbe subito gli occhi pieni di lagrime e sua madre non s'occupò più di me, per dedicarsi tutta a consolarla.

Mio figlio Ottavio, allora tredicenne, corse proprio in quel momento dalla madre. Non s'era accorto di nulla, né del dolore della sorella né della disputa che l'aveva causato. Voleva avere il permesso di andare la sera seguente al cinematografo con alcuni suoi compagni che in quel momento gliel'avevano proposto. Ma mia moglie non lo ascoltava, assorbita interamente dal suo ufficio di consolatrice di Emma.

Io volli ergermi con un atto d'autorità e gridai il mio permesso: - Sì, certo, andrai al cinematografo. Te lo prometto io e basta. - Ottavio, senz'ascoltare altro, ritornò ai suoi compagni dopo di avermi detto: - Grazie, papà. - Peccato, quella sua furia. Se fosse rimasto con noi, m'avrebbe sollevato con la sua contentezza, frutto del mio atto d'autorità.

A quella tavola il buon umore fu distrutto per qualche istante ed io sentivo di aver mancato anche verso la sposa, per la quale quel buon umore doveva essere un augurio e un presagio. Ed invece essa era la sola che intendesse il mio dolore, o così mi parve. Mi guardava proprio maternamente, disposta a scusarmi e ad accarezzarmi. Quella fanciulla aveva sempre avuto quell'aspetto di sicurezza nei suoi giudizii.

Come quando ambiva alla vita claustrale, così ora credeva di essere superiore a tutti per avervi rinunziato. Ora s'ergeva su me, su mia moglie e su mia figlia. Ci compativa, e i suoi begli occhi grigi si posavano su noi, sereni, per cercare dove ci fosse il fallo che, secondo lei, non poteva mancare dove c'era il dolore.

Ciò accrebbe il mio rancore per mia moglie, il cui contegno ci umiliava a quel modo. Ci rendeva inferiori a tutti, anche ai più meschini, a quella tavola. Laggiù, in fondo, anche i bimbi di mia cognata avevano cessato di chiacchierare e commentavano l'accaduto accostando le testine. Ghermii il bicchiere, dubbioso se vuotarlo o scagliarlo contro la parete o magari contro i vetri di faccia. Finii col vuotarlo d'un fiato. Questo era l'atto più energico, perché asserzione della mia indipendenza: mi parve il miglior vino che avessi avuto quella sera. Prolungai l'atto versando nel bicchiere dell'altro vino, di cui pure sorbii un poco. Ma la gioia non voleva venire, e tutta la vita anche troppo intensa, che ormai animava il mio organismo, era rancore. Mi venne una idea curiosa. La mia ribellione non bastava per chiarire tutto. Non avrei potuto proporre anche alla sposa di ribellarsi con me? Per fortuna proprio in quell'istante essa sorrise dolcemente all'uomo che le stava accanto fiducioso. Ed io pensai: - Essa ancora non sa ed è convinta di sapere.

Ricordo ancora che Giovanni disse: - Ma lasciatelo bere. Il vino è il latte dei vecchi. - Lo guardai raggrinzando la mia faccia per simulare un sorriso ma non seppi volergli bene. Sapevo che a lui non premeva altro che il buon umore e voleva accontentarmi, come un bimbo imbizzito che turba un'adunata d'adulti.

Poi bevetti poco e soltanto se mi guardavano, e più non fiatai. Tutto intorno a me vociava giocondamente e mi dava fastidio. Non ascoltavo ma era difficile di non sentire. Era scoppiata una discussione fra Alberi e Giovanni, e tutti si divertivano a vedere alle prese l'uomo grasso con l'uomo magro. Su che cosa vertesse la discussione non so, ma sentii dall'uno e dall'altro parole abbastanza aggressive. Vidi in piedi l'Alberi che, proteso verso Giovanni, portava i suoi occhiali fin quasi al centro della tavola, vicinissimo al suo avversario, che aveva adagiato comodamente su una poltrona a sdraio, offertagli per ischerzo alla fine della cena, i suoi centoventi chilogrammi, e lo guardava intento, da quel buon schermitore che era, come se studiasse dove assestare la propria stoccata. Ma anche l'Alberi era bello, tanto asciutto, ma tuttavia sano, mobile e sereno.

E ricordo anche gli augurii e i saluti interminabili al momento della separazione. La sposa mi baciò con un sorriso che mi parve ancora materno. Accettai quel bacio, distratto. Speculavo quando mi sarebbe stato permesso di spiegarle qualche cosa di questa vita.

In quella, da qualcuno, fu fatto un nome, quello di un'amica di mia moglie e antica mia: Anna. Non so da chi né a che proposito, ma so che fu l'ultimo nome ch'io udii prima di essere lasciato in pace dai convitati. Da anni io usavo vederla spesso accanto a mia moglie e salutarla con l'amicizia e l'indifferenza di gente che non ha nessuna ragione per protestare d'essere nati nella stessa città e nella stessa epoca. Ecco che ora invece ricordai ch'essa era stata tanti anni prima il mio solo delitto d'amore. L'avevo corteggiata quasi fino al momento di sposare mia moglie. Ma poi del mio tradimento ch'era stato brusco, tanto che non avevo tentato di attenuarlo neppure con una parola sola, nessuno aveva mai parlato, perché essa poco dopo s'era sposata anche lei ed era stata felicissima. Non era intervenuta alla nostra cena per una lieve influenza che l'aveva costretta a letto. Niente di grave. Strano e grave era invece che io ora ricordassi il mio delitto d'amore, che veniva ad appesantire la mia coscienza già tanto turbata. Ebbi proprio la sensazione che in quel momento il mio antico delitto venisse punito. Dal suo letto, che era probabilmente di convalescente, udivo protestare la mia vittima: - Non sarebbe giusto che tu fossi felice. - Io m'avviai alla mia stanza da letto molto abbattuto. Ero un po' confuso, perché una cosa che intanto non mi pareva giusta era che mia moglie fosse incaricata di vendicare chi essa stessa aveva soppiantato.

Emma venne a darmi la buona notte. Era sorridente, rosea, fresca. Il suo breve groppo di lacrime s'era sciolto in una reazione di gioia, come avviene in tutti gli organismi sani e giovini. Io, da poco, intendevo bene l'anima altrui, e la mia figliuola, poi, era acqua trasparente. La mia sfuriata era servita a conferirle importanza al cospetto di tutti, ed essa ne godeva con piena ingenuità. Io le diedi un bacio e sono sicuro di aver pensato ch'era una fortuna per me ch'essa fosse tanto lieta e contenta. Certo, per educarla, sarebbe stato mio dovere di ammonirla che non s'era comportata con me abbastanza rispettosamente. Non trovai però le parole, e tacqui. Essa se ne andò, e del mio tentativo di trovare quelle parole, non restò che una preoccupazione, una confusione, uno sforzo che m'accompagnò per qualche tempo. Per quetarmi pensai: - Le parlerò domani. Le dirò le mie ragioni. - Ma non servì. L'avevo offesa io, ed essa aveva offeso me. Ma era una nuova offesa ch'essa non ci pensasse più mentre io ci pensavo sempre.

Anche Ottavio venne a salutarmi. Strano ragazzo. Salutò me e la sua mamma quasi senza vederci. Era già uscito quand'io lo raggiunsi col mio grido: - Contento di andare al cinematografo? - Si fermò, si sforzò di ricordare, e prima di riprendere la sua corsa disse seccamente: - Sì. - Era molto assonnato.

Mia moglie mi porse la scatola delle pillole. - Son queste? - domandai io con una maschera di gelo sulla faccia.

- Sì, certo, - disse ella gentilmente. Mi guardò indagando e, non sapendo altrimenti indovinarmi, mi chiese esitante: - Stai bene?

- Benissimo - asserii deciso, levandomi uno stivale. E precisamente in quell'istante lo stomaco prese a bruciarmi spaventosamente.

«Era questo ch'essa voleva», pensai con una logica di cui solo ora dubito.

Inghiottii la pillola con un sorso d'acqua e ne ebbi un lieve refrigerio. Baciai mia moglie sulla guancia macchinalmente. Era un bacio quale poteva accompagnare le pillole. Non me lo sarei potuto risparmiare se volevo evitare discussioni e spiegazioni. Ma non seppi avviarmi al riposo senz'avere precisato la mia posizione nella lotta che per me non era ancora cessata, e dissi nel momento di assestarmi nel letto: - Credo che le pillole sarebbero state più efficaci se prese con vino.

Spense la luce e ben presto la regolarità del suo respiro mi annunziò ch'essa aveva la coscienza tranquilla, cioè, pensai subito, l'indifferenza più assoluta per tutto quanto mi riguardava. Io avevo atteso ansiosamente quell'istante, e subito mi dissi ch'ero finalmente libero di respirare rumorosamente, come mi pareva esigesse lo stato del mio organismo, o magari di singhiozzare, come nel mio abbattimento avrei voluto. Ma l'affanno, appena fu libero, divenne un affanno più vero ancora. Eppoi non era una libertà, cotesta. Come sfogare l'ira che imperversava in me? Non potevo fare altro che rimuginare quello che avrei detto a mia moglie e a mia figlia il giorno dopo. - Avete tanta cura della mia salute, quando si tratta di seccarmi alla presenza di tutti? - Era tanto vero. Ecco che io ora m'arrovellavo solitario nel mio letto e loro dormivano serenamente. Quale bruciore! Aveva invaso nel mio organismo tutto un vasto tratto che sfociava nella gola. Sul tavolino accanto al letto doveva esserci la bottiglia dell'acqua ed io allungai la mano per raggiungerla. Ma urtai il bicchiere vuoto e bastò il lieve tintinnìo per destare mia moglie. Già quella lì dorme sempre con un occhio aperto.

- Stai male? - domandò a bassa voce. Dubitava di aver sentito bene e non voleva destarmi. Indovinai un tanto, ma le attribuii la bizzarra intenzione di gioire di quel male, che non era altro che la prova ch'ella aveva avuto ragione. Rinunziai all'acqua e mi riadagiai, quatto quatto. Subito essa ritrovò il suo sonno lieve che le permetteva di sorvegliarmi.

Insomma, se non volevo soggiacere nella lotta con mia moglie, io dovevo dormire. Chiusi gli occhi e mi rattrappii su di un fianco. Subito dovetti cambiare posizione. Mi ostinai però e non apersi gli occhi. Ma ogni posizione sacrificava una parte del mio corpo. Pensai: «Col corpo fatto così non si può dormire». Ero tutto movimento, tutto veglia. Non può pensare il sonno chi sta correndo. Della corsa avevo l'affanno e anche, nell'orecchio, il calpestìo dei miei passi: di scarponi pesanti. Pensai che forse, nel letto, mi movevo troppo dolcemente per poter azzeccare di colpo e con tutte e due le membra la posizione giusta. Non bisognava cercarla. Bisognava lasciare che ogni cosa trovasse il posto confacente alla sua forma. Mi ribaltai con piena violenza. Subito mia moglie mormorò: - Stai male? - Se avesse usato altre parole io avrei risposto domandando soccorso. Ma non volli rispondere a quelle parole che offensivamente alludevano alla nostra discussione.

Stare fermi doveva essere tanto facile. Che difficoltà può essere a giacere, giacere veramente nel letto? Rividi tutte le grandi difficoltà in cui ci imbattiamo a questo mondo, e trovai che veramente, in confronto a qualunque di esse, giacere inerte era una cosa di nulla. Ogni carogna sa stare ferma. La mia determinazione inventò una posizione complicata ma incredibilmente tenace. Ficcai i denti nella parte superiore del guanciale, e mi torsi in modo che anche il petto poggiava sul guanciale mentre la gamba destra usciva dal letto e arrivava quasi a toccare il suolo, e la sinistra s'irrigidiva sul letto inchiodandomivi. Sì. Avevo scoperto un sistema nuovo. Non io afferravo il letto, era il letto che afferrava me. E questa convinzione della mia inerzia fece sì che anche l'oppressione aumentò, io ancora non mollai. Quando poi dovetti cedere mi consolai con l'idea che una parte di quella orrenda notte era trascorsa, ed ebbi anche il premio che, liberatomi dal letto, mi sentii sollevato come un lottatore che si sia liberato da una stretta dell'avversario.

Io non so per quanto tempo stessi poi fermo. Ero stanco. Sorpreso m'avvidi di uno strano bagliore nei miei occhi chiusi, d'un turbinìo di fiamme che supposi prodotte dall'incendio che sentivo in me.

Non erano vere fiamme ma colori che le simulavano. E s'andarono poi mitigando e componendo in forme tondeggianti, anzi in gocce di un liquido vischioso, che presto si fecero tutte azzurre, miti, ma cerchiate da una striscia luminosa rossa. Cadevano da un punto in alto, si allungavano e, staccatesi, scomparivano in basso. Fui io che dapprima pensai che quelle gocce potevano vedermi. Subito, per vedermi meglio, esse si convertirono in tanti occhiolini. Mentre si allungavano cadendo, si formava nel loro centro un cerchietto che privandosi del velo azzurro scopriva un vero occhio, malizioso e malevolo. Ero addirittura inseguito da una folla che mi voleva male. Mi ribellai nel letto gemendo invocando: - Mio Dio!

- Stai male? - domandò subito mia moglie.

Dev'esser trascorso qualche tempo prima della risposta. Ma poi avvenne che m'accorsi ch'io non giacevo più nel mio letto, ma mi ci tenevo aggrappato, ché s'era convertito in un'erta da cui stavo scivolando. Gridai: - Sto male, molto male.

Mia moglie aveva acceso una candela e mi stava accanto nella sua rosea camicia da notte. La luce mi rassicurò ed anzi ebbi chiaro il sentimento di aver dormito e di essermi destato soltanto allora. Il letto s'era raddrizzato ed io vi giacevo senza sforzo. Guardai mia moglie sorpreso, perché ormai, visto che m'ero accorto di aver dormito, non ero più sicuro di aver invocato il suo aiuto. - Che vuoi? - le domandai.

Essa mi guardò assonnata, stanca. La mia invocazione era bastata a farla balzare dal letto, non a toglierle il desiderio del riposo, di fronte al quale non le importava più neppure di aver ragione. Per fare presto domandò: - Vuoi di quelle gocce che il dottore prescrisse per il sonno?

Esitai per quanto il desiderio di star meglio fosse fortissimo. - Se lo vuoi, - dissi tentando di apparire solo rassegnato. Prendere le gocce non equivale mica alla confessione di star male.

Poi ci fu un istante in cui godetti di una grande pace. Durò finché mia moglie, nella sua camicia rosea, alla luce lieve di quella candela, mi stette accanto a contare le gocce. Il letto che era un vero letto orizzontale, e le palpebre, se le chiudevo, bastavano a sopprimere qualsiasi luce nell'occhio. Ma io le aprivo di tempo in tempo, e quella luce e il roseo di quella camicia mi davano altrettanto refrigerio che l'oscurità totale. Ma essa non volle prolungare di un solo minuto la sua assistenza e fui ripiombato nella notte a lottare da solo per la pace. Ricordai che da giovine, per affrettare il sonno, mi costringevo a pensare ad una vecchia bruttissima che mi faceva dimenticare tutte le belle visioni che m'ossessionavano. Ecco che ora mi era invece concesso d'invocare senza pericolo la bellezza, che certo m'avrebbe aiutato. Era il vantaggio - l'unico - della vecchiaia. E pensai, chiamandole per nome, varie belle donne, desiderii della mia giovinezza, d'un'epoca nella quale le belle donne avevano abbondato in modo incredibile. Ma non vennero. Neppur allora si concedettero. Ed evocai, evocai, finché dalla notte sorse una sola figura bella: Anna, proprio lei, com'era tanti anni prima, ma la faccia, la bella rosea faccia, atteggiata a dolore e rimprovero. Perché voleva apportarmi non la pace ma il rimorso. Questo era chiaro. E giacché era presente, discussi con lei. Io l'avevo abbandonata, ma essa subito aveva sposato un altro, ciò ch'era nient'altro che giusto. Ma poi aveva messo al mondo una fanciulla ch'era ormai quindicenne e che somigliava a lei nel colore mite, d'oro nella testa e azzurro negli occhi, ma aveva la faccia sconvolta dall'intervento del padre che le era stato scelto: le ondulazioni dolci dei capelli mutate in tanti ricci crespi, le guance grandi, la bocca larga e le labbra eccessivamente tumide. Ma i colori della madre nelle linee del padre finivano coll'essere un bacio spudorato, in pubblico. Che cosa voleva ora da me dopo che mi si era mostrata tanto spesso avvinta al marito?

E fu la prima volta, quella sera, che potei credere di aver vinto. Anna si fece più mite, quasi ricredendosi. E allora la sua compagnia non mi dispiacque più. Poteva restare. E m'addormentai ammirandola bella e buona, persuasa. Presto mi addormentai.

Un sogno atroce. Mi trovai in una costruzione complicata, ma che subito intesi come se io ne fossi stato parte. Una grotta vastissima, rozza, priva di quegli addobbi che nelle grotte la natura si diverte a creare, e perciò sicuramente dovuta all'opera dell'uomo; oscura, nella quale io sedevo su un treppiedi di legno accanto ad una cassa di vetro, debolmente illuminata di una luce che io ritenni fosse una sua qualità, l'unica luce che ci fosse nel vasto ambiente, e che arrivava ad illuminare me, una parete composta di pietroni grezzi e di sotto un muro cementato. Come sono espressive le costruzioni del sogno! Si dirà che lo sono perché chi le ha architettate può intenderle facilmente, ed è giusto. Ma il sorprendente si è che l'architetto non sa di averle fatte, e non lo ricorda neppure quand'è desto, e rivolgendo il pensiero al mondo da cui è uscito e dove le costruzioni sorgono con tanta facilità può sorprendersi che là tutto s'intenda senza bisogno di alcuna parola.

Io seppi subito che quella grotta era stata costruita da alcuni uomini che l'usavano per una cura inventata da loro, una cura che doveva essere letale per uno dei rinchiusi (molti dovevano esserci laggiù nell'ombra) ma benefica per tutti gli altri. Proprio così! Una specie di religione, che abbisognava di un olocausto, e di ciò naturalmente non fui sorpreso.

Era più facile assai indovinare che, visto che m'avevano posto vicino alla cassa di vetro nella quale la vittima doveva essere asfissiata, ero prescelto io a morire, a vantaggio di tutti gli altri. Ed io già anticipavo in me i dolori della brutta morte che m'aspettava. Respiravo con difficoltà, e la testa mi doleva e pesava, per cui la sostenevo con le mani, i gomiti poggiati sulle ginocchia.

Improvvisamente tutto quello che già sapevo fu detto da una quantità di gente celata nell'oscurità.

Mia moglie parlò per prima: - Affrettati, il dottore ha detto che sei tu che devi entrare in quella cassa. - A me pareva doloroso, ma molto logico. Perciò non protestai, ma finsi di non sentire. E pensai: «L'amore di mia moglie m'è sembrato sempre sciocco». Molte altre voci urlarono imperiosamente: - Vi risolvete ad obbedire? - Fra queste voci distinsi chiaramente quella del dottor Paoli. Io non potevo protestare, ma pensai: «Lui lo fa per essere pagato».

Alzai la testa per esaminare ancora una volta la cassa di vetro che m'attendeva. Allora scopersi, seduta sul coperchio della stessa, la sposa. Anche a quel posto ella conservava la sua perenne aria di tranquilla sicurezza. Sinceramente io disprezzavo quella sciocca, ma fui subito avvertito ch'essa era molto importante per me. Questo l'avrei scoperto anche nella vita reale, vedendola seduta su quell'ordigno che doveva servire ad uccidermi. E allora io la guardai, scodinzolando. Mi sentii come uno di quei minuscoli cagnotti che si conquistano la vita agitando la propria coda. Un'abbiezione!

Ma la sposa parlò. Senz'alcuna violenza, come la cosa più naturale di questo mondo essa disse: - Zio, la cassa è per voi.

Io dovevo battermi da solo per la mia vita. Questo anche indovinai. Ebbi il sentimento di saper esercitare uno sforzo enorme senza che nessuno se ne potesse avvedere. Proprio come prima avevo sentito in me un organo che mi permetteva di conquistare il favore del mio giudice senza parlare, così scopersi in me un altro organo, che non so che cosa fosse, per battermi senza muovermi e così assaltare i miei avversari non messi in guardia. E lo sforzo raggiunse subito il suo effetto. Ecco che Giovanni, il grosso Giovanni, sedeva nella cassa di vetro luminosa, su una sedia di legno simile alla mia e nella stessa mia posizione. Era piegato in avanti, essendo la cassa troppo bassa, e teneva gli occhiali in mano, affinché non gli cadessero dal naso. Ma così egli aveva un po' l'aspetto di trattare un affare, e di essersi liberato dagli occhiali, per pensare meglio senza vedere nulla. Ed infatti, benché sudato e già molto affannato, invece che pensare alla morte vicina era pieno di malizia, come si vedeva dai suoi occhi, nei quali scorsi il proposito dello stesso sforzo che poco prima avevo esercitato io. Perciò io non sapevo aver compassione di lui, perché di lui temevo.

Anche a Giovanni lo sforzo riuscì. Poco dopo al suo posto nella cassa c'era l'Alberi, il lungo, magro e sano Alberi, nella stessa posizione che aveva avuto Giovanni ma peggiorata dalle dimensioni del suo corpo. Era addirittura piegato in due e avrebbe destato veramente la mia compassione se anche in lui oltre che affanno non ci fosse stata una grande malizia. Mi guardava di sotto in su, con un sorriso malvagio, sapendo che non dipendeva che da lui di non morire in quella cassa.

Dall'alto della cassa di nuovo la sposa parlò: - Ora, certamente toccherà a voi, zio. - Sillabava le parole con grande pedanteria. E le sue parole furono accompagnate da un altro suono, molto lontano, molto in alto. Da quel suono prolungatissimo emesso da una persona che rapidamente si moveva per allontanarsi, appresi che la grotta finiva in un corridoio erto, che conduceva alla superficie della terra. Era un solo sibilo di consenso, e proveniva da Anna che mi manifestava ancora una volta il suo odio. Non aveva il coraggio di rivestirlo di parole, perché io veramente l'avevo convinta ch'essa era stata più colpevole verso di me che io verso di lei. Ma la convinzione non fa nulla, quando si tratta di odio.

Ero condannato da tutti. Lontano da me, in qualche parte della grotta, nell'attesa, mia moglie e il dottore camminavano su e giù e intuii che mia moglie aveva un aspetto risentito. Agitava vivacemente le mani declamando i miei torti. Il vino, il cibo e i miei modi bruschi con lei e con la mia figliuola.

Io mi sentivo attratto verso la cassa dallo sguardo di Alberi, rivolto a me trionfalmente. M'avvicinavo ad essa lentamente con la sedia, pochi millimetri alla volta, ma sapevo che quando fossi giunto ad un metro da essa (così era la legge) con un solo salto mi sarei trovato preso, e boccheggiante.

Ma c'era ancora una speranza di salvezza. Giovanni, perfettamente rimessosi dalla fatica della sua dura lotta, era apparso accanto alla cassa, che egli più non poteva temere, essendoci già stato (anche questo era legge laggiù). Si teneva eretto in piena luce, guardando ora l'Alberi che boccheggiava e minacciava, ed ora me, che alla cassa lentamente m'avvicinavo.

Urlai: - Giovanni. Aiutami a tenerlo dentro... Ti darò del denaro. - Tutta la grotta rimbombò del mio urlo, e parve una risata di scherno. Io intesi. Era vano supplicare. Nella cassa non doveva morire né il primo che v'era stato ficcato, né il secondo, ma il terzo. Anche questa era una legge della grotta, che come tutte le altre, mi rovinava. Era poi duro che dovessi riconoscere che non era stata fatta in quel momento per danneggiare proprio me. Anch'essa risultava da quell'oscurità e da quella luce. Giovanni neppure rispose, e si strinse nelle spalle per significarmi il suo dolore di non poter salvarmi e di non poter vendermi la salvezza.

E allora io urlai ancora: - Se non si può altrimenti, prendete mia figlia. Dorme qui accanto. Sarà facile. - Anche questi gridi furono rimandati da un'eco enorme. Ne ero frastornato, ma urlai ancora per chiamare mia figlia: - Emma, Emma, Emma!

Ed infatti dal fondo della grotta mi pervenne la risposta di Emma, il suono della sua voce tanto infantile ancora: - Eccomi, babbo, eccomi.

Mi parve non avesse risposto subito. Ci fu allora un violento sconvolgimento che credetti dovuto al mio salto nella cassa. Pensai ancora: «Sempre lenta quella figliuola quando si tratta di obbedire». Questa volta la sua lentezza mi rovinava ed ero pieno di rancore.

Mi destai. Questo era lo sconvolgimento. Il salto da un mondo nell'altro. Ero con la testa e il busto fuori del letto e sarei caduto se mia moglie non fosse accorsa a trattenermi. Mi domandò: - Hai sognato? - E poi, commossa: - Invocavi tua figlia. Vedi come l'ami?

Fui dapprima abbacinato da quella realtà in cui mi parve che tutto fosse svisato e falsato. E dissi a mia moglie che pur doveva saper tutto anche lei: - Come potremo ottenere dai nostri figliuoli il perdono di aver dato loro questa vita?

Ma lei, sempliciona, disse: - I nostri figliuoli sono beati di vivere.

La vita, ch'io allora sentivo quale la vera, la vita del sogno, tuttavia m'avviluppava e volli proclamarla: - Perché loro non sanno niente ancora.

Ma poi tacqui e mi raccolsi in silenzio. La finestra accanto al mio letto andava illuminandosi e a quella luce io subito sentii che non dovevo raccontare quel sogno perché bisognava celarne l'onta. Ma presto, come la luce del sole continuò così azzurrigna e mite ma imperiosa ad invadere la stanza, io quell'onta neppure la sentii. Non era la mia la vita la vita del sogno e non ero io colui che scodinzolava e che per salvare se stesso era pronto d'immolare la propria figliuola.

Però bisognava evitare il ritorno a quell'orrenda grotta. Ed è così ch'io mi feci docile, e volonteroso m'adattai alla dieta del dottore. Qualora senza mia colpa, dunque non per libazioni eccessive ma per l'ultima febbre io avessi a ritornare a quella grotta, io subito salterei nella cassa di vetro, se ci sarà, per non scodinzolare e per non tradire.

Lo specifico del dottor Menghi

La seduta della Società Medica stava per essere chiusa quando il dottor Galli, un socio che per invincibile timidezza non prendeva mai la parola, si alzò e informò l'assemblea che il dottor Menghi, al suo letto di morte, l'aveva pregato di leggere alla Società una sua memoria su un nuovo siero da lui scoperto. - Mi pare si tratti di un nuovo siero! - si corresse il dottor Galli dubbioso.

I medici più giovani gridarono subito: - Si legga, si legga!...

Ho deciso che la mia invenzione muoia con me ma non so risolvermi a conservare il segreto sulle strane esperienze che con tale invenzione mi è stato concesso di fare. Non potendo perciò mettere a disposizione di tutti il materiale che servì a me per i miei esperimenti, mi sarà difficile di far credere nella verità di quanto sto per esporre. Mi sostiene la fiducia che le mie parole, essendo tutte basate su fatti controllati con la massima accuratezza, portino impresso il segno della verità. Perciò la mia memoria non è destinata al grande pubblico che tale verità non saprebbe riconoscere ma ad una cerchia ristretta di scienziati. Non temo i tanti nemici che ho anche fra voi. Soffersi molto per le vostre ironie. Ora che scrivo a chi leggerà quando sarò morto, mi sento aleggiare d'intorno la pace che vigerà allora; io non soffrirò più ed è altrettanto certo che voi lascerete il morto in pace.

La quiete che mi deriva da tali idee mi fa riconoscere volentieri che io vi diedi talvolta motivo a dubitare di me. Molti anni or sono, con precipitazione giovanile io proclamai la mia scoperta di un siero atto a ridare istantaneamente ad un organismo vizzo la prisca gioventù. Fu poi provato che la gioventù data da me durava troppo poco ed un mio avversario cui non serbo rancore per quanto m'abbia ferito con tanta malizia, asserì che la mia gioventù non era altro che una corsa pazza alla vecchiaia. Lo riconobbero tutti però: io avevo scoperto uno stimolante incomparabile superiore a tutti quelli finora in uso. Nella mia superbia sdegnai di vantarmene: non era un risultato adeguato allo sforzo per fermare la gioventù, di scoprire uno stimolante anche esso di applicazione limitata perché non assimilabile che da organismi dotati ancora di piena vitalità. Ne parlo perché oggi io amo quella mia bella scoperta che abbreviava la vita ma la rendeva intensa mentre la scoperta di cui ho da parlarvi e che raggiunse il suo scopo mi fa ribrezzo. Parlo della prima anche perché ha relazione diretta con l'argomento per cui scrissi questa memoria. E non è per difendermi ma per schiarire che io neghi che il mio avversario abbia avuto ragione asserendo che il mio specifico meritasse la definizione di alcole Menghi. Il mio specifico è toto genere differente dall'alcole. L'alcole rallenta il ricambio della materia; il mio lo precipita, ed è così che, mentre l'alcole impaccia il lavoro del cuore fino ad esaurirlo, il mio specifico la facilita tanto che l'organismo intero vi soggiace. Notate: l'organo che è la sorgente della mia vita non trovando ostacoli in un organismo tutto vitale esorbita e uccide. Il dottor Clementi mi aiutò a costruire tale teoria che seppelliva la mia scoperta; anzi - lo riconosco volentieri - le parole sono tutte sue. E questa teoria, anzi queste parole, dovevano condurmi diritto diritto all'antidoto dell'alcole Menghi. Il mio nuovo siero fu immaginato perciò prima teoricamente e adesso dopo le varie esperienze che ne feci non ho nulla da mutare alla sua teoria. Mai pensai di aver trovato la pietra filosofale, la vita eterna; io dovevo arrivare ad un'economia delle forze vitali per la quale la vita fosse allungata incommensurabilmente. E mi sarebbe bastato! Mi sarebbe bastato di poter dire all'artista e allo scienziato: Ecco! La vita non è breve più neppure per voi!

L'assemblea di scienziati cui mi dirigo difficilmente potrà comprendere come io abbia potuto rinunziare alla gloria. Oh! Ve ne prego: Ammettete per un istante che uno degli inventori dei terribili esplosivi moderni avesse esitato di comunicare alla nostra umanità immatura la sua invenzione, lo comprendereste voi? Da me, poi, questo scrupolo fu aggravato da una promessa fatta alla persona più cara ch'io m'abbia avuta e cioè al suo letto di morte. Letta questa memoria comprenderete certo l'importanza della scoperta e dei miei studi e nello stesso tempo la ragionevolezza dei miei scrupoli.

Vado indagando che cosa io vi possa dire della mia scoperta tanto da rendervi possibile seguirmi negli esperimenti che vi descriverò minutamente e non tanto da rivelarvela. Lo specifico - l'avrete già immaginato - appartiene all'organoterapia. Lo conquistai da un animale longevo per eccellenza. Non pensate a certi pesci d'acqua dolce la cui vita - come si constatò in certi parchi - dura oltre tre secoli. Io trovai quale fosse l'animale più longevo con la semplice osservazione del suo metodo di vita, del suo modo di moversi, di guardare e specialmente di attaccare e difendersi. Fu sempre l'alcole Menghi che mi fornì gli elementi ad un'osservazione tanto sicura. Gli animali e le persone cui fu iniettato quell'abbreviatore di vita hanno i movimenti rapidi anzi violenti. Non sanno prendere ma afferrano, non sanno lasciare ma gettano. Hanno inoltre la veglia e il sonno intensi e brevi. La loro giornata conta, anziché ventiquattr'ore, dodici e anche meno. L'animale longevo di cui parlo ha la giornata di un anno (io so dove correte col pensiero ma v'ingannate), i suoi movimenti sono lenti, sicuri e misurati.

Se anche indovinaste di quale animale si tratti, non trovereste mai più quale suo organo mi diede il siero di cui abbisognavo. C'è un mitigatore nel nostro organismo! È ammirabile come i casi della vita s'adattino a servire l'uomo operoso. Quando pensai la teoria dell'antidoto all'alcole Menghi ricordai un'esperienza di vivisettore di cui, assistendovi, non avevo compreso subito la portata. Ripetei subito l'operazione e non ebbi più dubbii. Allontanato quel dato organo la vitalità dell'animale si esacerbava come per effetto dell'alcole Menghi. Feci poi un'esperienza che confermò luminosamente la mia idea. Privai di quell'organo quell'animale e l'avvelenai con della morfina. Esso resistette all'azione del veleno molto meglio che non un animale cui l'operazione non era stata praticata. E si capisce: L'organo mitigatore è cieco come tutti gli altri nostri organi ed il suo lavoro - benefico finché è circondato da organi vitali - diventa abbreviatore di vita quando questa vitalità sta per spegnersi. Per quanto indebolito esso arresta l'impulso che sarebbe stato sufficiente appena

appena. La mia scoperta era fatta o, meglio, il mio lavoro era terminato. Il resto doveva essere abbandonato alle funzioni più occulte della natura. Se la mia Annina (chiamai così il mio siero in onore di mia madre) agiva come tiroidina e l'ovarina che vanno nel sangue e operano all'origine senz'aver bisogno di passare per l'organo alla cui insufficienza suppliscono, allora il mio moderatore probabilmente non avrebbe impedito lo sforzo e così, solo così, sarebbe risultata l'economia vitale che io cercavo.

Trovo fra le mie carte il bollettino su cui registrai la mia scoperta. Porta la data del cinque Maggio. Io non sono superstizioso ma la coincidenza di date è pur strana: Il cinque Maggio è una data che si chiama Napoleone, l'uomo il cui polso batteva all'unisono con l'orologio. Il ricordo del grande dalle sessanta pulsazioni normali mi diede una speranza che mi rese addirittura malato. Se oltre che all'allungamento della vita io giungessi a qualche cosa d'altro e di più alto ancora.

Le prove mi costarono molto e il mio piccolo bilancio ne fu dissestato. I miei studii mi avevano impedito di dedicarmi assiduamente alla mia pratica e poi i clienti più ricchi m'avevano abbandonato dopo l'insuccesso dell'alcole Menghi che da alcuni dei miei confratelli era stato presentato addirittura quale ciurmeria di un pazzo. Le mie difficoltà m'indussero a confidarmi a mia madre.

Mia madre! Io non so se qualcuno di voi abbia conosciuta mia madre. Questo so: Se uno di voi l'ha mai vista e sia pure per pochi istanti, non l'avrà dimenticata giammai. La persona alta, diritta, occhio nerissimo dolce e imperioso nello stesso tempo, la carnagione giovanile in contrasto con la chioma bianca del tutto, ma bianca candida, come di neve giovine.

Scusate se vi parlo di mia madre ma, come vedrete, essa appartiene al mio argomento. Se essa non fosse stata in vita allora, forse a quest'ora il potente farmaco da me inventato sarebbe nelle mani di tutti.

Mio padre tenne per lunghi anni a Venezia un negozio di droghe molto importante. A trentacinque anni, circa un lustro dopo di esser sposato s'era dato alla malavita. Ebbe delle donne, giuocò e - credo ma non lo so di certo - si diede al vizio del bere.

Per fortuna mia madre subito s'accorse del suo mutamento. Con l'energia ch'io le conobbi sempre nelle piccole e nelle grandi cose ma che allora nessuno avrebbe sospettata in lei, essa, quando dovette abbandonare la speranza di ricondurlo sulla strada retta, non s'abbandonò a vane querimonie ma assunse la direzione degli affari del marito che glielo permise a patto gli si lasciasse del denaro e il tempo per goderne.

Finché egli visse fu una lotta di ogni giorno contro di lui prima di tutto che voleva sempre più denaro, e poi contro i creditori impazienti che da ogni parte reclamavano il loro avere, e contro i fornitori che non volevano più fare credito.

Quando mio padre morì di una pneumonite seguita al terzo giorno da esaurimento cardiaco (è solo da ciò ch'io arguisco ch'egli fosse dedito al bere perché mia madre non me lo confermò giammai) le cose migliorarono subito per quanto mia madre non volesse riconoscerlo e si proclamasse fino all'ultimo giorno della sua penosa esistenza quale la più infelice delle donne. Migliorarono in questo senso: Prima sulla faccia di mia madre era stata perennemente stampata un'incurabile tristezza e nello stesso tempo l'ambagia pel destino proprio, pel destino di lui (sì, anche di lui) e pel destino mio soprattutto. Morto mio padre la bella figura si eresse di nuovo per curvarsi solo nel singhiozzo frequente. Ed essa parlava continuamente del marito morto avendo dimenticato di lui i cinque o sei ultimi anni. A me insegnava ad onorarne la memoria ed anzi essa la lavava perché nei miei ricordi di fanciullo doveva essere rimasta impressa la sua fisionomia minacciosa di malcontento che esige,

esige e non dà.

Queste qualità di mia madre vengono poste più in alto quando si apprende di quale intelligenza essa fosse dotata. Essa accumulò in commercio in breve tempo una piccola fortuna apprendendo da sé tutti quei complicati particolari che costituiscono la scienza commerciale. Io non credo accade di spesso che una donna non provveduta di certa cultura, abbia una facilità tale di comprendere tutto.

Fino all'epoca della decadenza morale di mio padre, mia madre non s'era occupata che della sua cara casetta ove aveva fatto da padrona e da serva. Poi oltre agli affari ebbe sempre da attendere anche alla casa.

Mi concesse il suo aiuto con una prontezza che mi meravigliò. Io che la conoscevo commerciante fino al midollo, calcolatrice come un banchiere, astuta e previdente, esitante e dubbiosa ad ogni decisione che potesse implicare la diminuzione di un utile oppure una piccola perdita, fui stupito e commosso di vederla accogliere immediatamente la mia proposta. Aveva fatti rapidamente i suoi calcoli: Poteva concedermi per tre anni un sussidio mensile di mille lire, proprio l'importo che avevo domandato. Concluse dicendomi con una carezza: - Alla peggio mi resterà tanto da aprire un'altra drogheria -. Eppure essa allora s'era già convinta ch'io non cercavo il mio siero per farne - come essa da prima aveva creduto - una speculazione commerciale.

Né a me né a lei la probabilità di dover riaprire una drogheria parve una minaccia grave. Avevo indovinato da lungo tempo ch'essa soffriva di essere stata privata dell'attività cui aveva dedicato tanta parte di se stessa e nella quale aveva trovate non piccole soddisfazioni. Prima non aveva conosciuto che agitazione e stanchezza, ora invece soffriva oltre che di agitazione e di stanchezza anche di noia. Dirigere una casa e comandare ad una serva era ben poco per chi come mia madre aveva diretta un'azienda e comandato a due o tre impiegati e a varii facchini. La casa era tanto accuratamente sorvegliata che finì coll'avere un solo difetto: Vi si parlava troppo di ordine. Chi ci vendeva la carne o gli erbaggi doveva stare bene all'erta perché tutto quello che veniva in casa era pesato, esaminato, cribrato e mamma aveva trovato il modo di lavorare altrettanto nella piccola casetta quanto nella grande azienda.

Di mia madre devo dire ancora ch'essa era una grande egoista di un egoismo in cui comprendeva me solo. Ricordo a questo proposito ch'essa non carezzò giammai i figli degli altri com'essa diceva. Non li amava e, in grazia mia, tollerava qualcuno nella nostra retrobottega; ma l'antipatia sua trapelava tanto chiara che ben presto tutti m'abbandonarono e mi lasciarono goder solo la retrobottega e la merendina del pomeriggio. Ai suoi clienti essa riservava sorrisi e parole cortesi in cui io che la conoscevo di lei tutt'altri sorrisi e tutt'altre parole, sentivo la falsità. Quando essa credette di dover ingiungermi il sacrificio di rinunziare alla mia gloria, al risultato già ottenuto di tanti miei studi in favore degli altri ch'essa non amava, io dovetti obbedire perché le ragioni che la inducevano a tale domanda dovevano essere ben forti.

Dal giorno in cui chiesi il suo soccorso, essa domandò di poter lavorare con me. Erano molti anni che non si lavorava insieme. Essa m'aveva insegnato a leggere nel suo mezzà e la ricordo pronta di venire ad aiutarmi e ad insegnarmi per poi abbandonarmi e correre ai suoi affari. Questo metodo ebbe delle conseguenze non so se buone o cattive pel mio avvenire. Io credo mi sia derivato da esso una bramosia febbrile di mutare ogni mia idea in un'azione, bramosia che può talvolta spingermi a comunicazioni premature ma che all'incontro mi spinge a precisare sinteticamente le idee mentre altri perde tempo in errori e illusioni. Capisco che nel laboratorio l'idea si realizza immediatamente ma in una forma non precisa. Io ammetto una somiglianza fra l'animale evoluto e il non evoluto ma non ne ammetto l'identità. Bastano le esperienze fatte con l'Annina per stabilirne la diversità.

Quando mamma cominciò a lavorare con me in laboratorio la mia scoperta era già perfetta. Non si trattava più che di produrre una quantità sufficiente di Annina per procedere a esperimenti seguiti. La massima parte del nostro tempo fu impiegata a discussioni sulla teoria che ne risultò più chiara.

Essa capì presto e bene. Vero è che per farmi intendere meglio usavo meno possibile di termini scientifici anzi ricorrevo a un linguaggio che la scienza rifiuta.

La vita animale è comparabile all'ebollizione di una caldaia d'acqua posta su un focolare di cui il combustibile sia limitato. Quest'ebollizione può finire perché il combustibile vada ad esaurirsi o perché l'acqua a forza di bollire svampisca. Nel primo caso si avrebbe una morte per esaurimento; nel secondo per abbruciamento. Ora è evidente che la vita animale è assicurata da un eccesso di calore; voglio dire che l'equilibrio fra l'acqua e il fuoco non è perfetto e che la vita potrebbe durare di più se l'ebollizione potesse essere diminuita. Per esempio è evidente che il calore emanato dal nostro corpo è una perdita; quanta parte di questa perdita è necessaria per proteggere la nostra periferia? Per essere più precisi: È noto che impiegando utilmente la forza manifestata (e perciò perduta) dal cuore in ventiquattr'ore si potrebbero sollevare chilogrammi quattromila a un metro d'altezza. È un eccesso! Quanta parte di questa forza è necessaria per alimentare la nostra vita e quanta parte va perduta o risulta dannosa? L'avvenire della scienza igienica è tutto nella soluzione di tale problema. Io intanto so che questa forza è eccessiva e lo so prima di tutto pel fatto che molti individui di cui il calore manifesto era inferiore, si dimostrarono più forti di quelli dalle pulsazioni affrettate e dal calore trapelante da ogni poro. La forza latente è la sola forza; quella che si può percepire coi nostri sensi o misurare coi nostri istrumenti è la perdita della forza. E avete osservato come il cervello funzioni egregiamente in individui il cui cuore abbia declinato? Io ho constatato delle menti lucide anzi acute in persone il cui polso non si poteva più contare per la sua debolezza e velocità.

Io mi abbandonai tutto al piacere di far sentire a mia madre la grandezza e l'originalità della mia idea. Non avevo oramai che da dire una parola e mamma pensava il mio pensiero. Avevo bisogno di una tale collaborazione! Di solito quando lavoro mi lascio andare spesso alle mie fantasticherie. Mi arresto a contemplare le ultime conseguenze delle mie idee, le accarezzo, ne ammiro il futuro successo e oblio il lavoro necessario per realizzarle. Con mia madre ciò non era possibile. Essa portava seco in laboratorio i sistemi che tanto le avevano giovato negli affari.

L'Annina nella sua forma più pura, cioè quale un siero tratto direttamente dall'organo moderatore dimostrò di essere un veleno di una potenza incomparabile. Con un decigrammo nel sangue si uccideva un cane giovine e forte in quaranta secondi. Dapprima mia madre non voleva credere si trattasse di una morte reale. Accarezzava il cane per farlo tornare in sé. Poi, convinta, piegata ancora sul corpo dell'animale, pallida, pallida, mi domandò - Tu non volevi questo?

La rassicurai dicendole che il caso era stato previsto. Il siero di cui avevo a servirmi doveva essere ben altrimenti elaborato di questo. Essa rimase commossa e per lungo tempo dubbiosa.

Ciò mi spinse ad un lavoro febbrile per toglierle al più presto tale dubbio. Preparai un coniglio con iniezioni seguite per vani giorni di dosi minime di Annina. Ne raccolsi il sangue che, sterilizzato, considerai quale il siero voluto. Feci tutto questo lavoro alla chetichella per poter sorprendere mia madre e così la memoranda giornata del due Giugno cominciò per me con un trionfo come non ne ebbi altro in mia vita.

Svegliai mia madre alla mattina per presentarle il frutto del mio lavoro. Essa si vestì in un attimo e mi seguì al laboratorio ove poco dopo un coniglio ricevette la prima iniezione che fosse stata fatta con l'Annina. Lasciato libero l'animale mi volsi a mia madre e le dissi additandoglielo sorridendo: - Ecco il primo longevo.

Mia madre guardava invece la povera bestiola aspettandosi di vederla morire. Il fatto ch'essa invece visse fece restare ammirata mia madre. Ciò che non era altro che l'applicazione al mio siero di un processo inventato da altri destò in lei la maggior meraviglia che non la mia stessa idea originale. Solo in questo si manifestò in lei la mancanza di preparazione scientifica.

Il coniglio cui era stata praticata l'iniezione presentò varii fenomeni. Cessò di mangiare per molte ore e quando mangiò, confrontato con gli altri conigli in mezzo ai quali l'avevo posto, appariva meno vorace e più lento nei movimenti. Salvo quando si scuoteva, era evidentemente colto da una specie di stupefazione e mamma l'osservò tanto ch'ebbe una frase forte e caratteristica che allora mi piacque immensamente: - Pare sepolto nel suo corpo!

Passammo la giornata intera ad osservare il comportamento dell'animale. Io potei constatare in esso un altro sintomo chiaro, evidente dell'efficacia dell'Annina: La manifestazione più chiara di vitalità in un coniglio è lo sbalzo con cui si sottrae ad una mano che voglia afferrarlo. Il mio faceva un balzo formidabile quando era minacciato la prima volta; era invece incapace di farne un secondo se minacciato immediatamente una seconda volta. Cadeva subito nel menzionato stato di stupefazione e si lasciava afferrare trasalendo inerte.

La sera, in stanza da pranzo, continuammo a chiacchierare dell'Annina. Ma mentre mia madre sempre più s'infiammava di ammirazione e di gioia, io mi sentii colto da un deciso senso di sconforto.

Dove m'avrebbero condotto le esperienze sugli animali? Anche arrivando a constatare in essi quel mutamento di vita consono - secondo le mie teorie - al loro mutamento fisico, non mi sarei trovato avanzato di molto. No! Solo la constatazione di un mutamento di tutta la funzione vitale - mutamento che in gran parte doveva sfuggire alla verifica mediante istrumenti - poteva giovarmi. Non ebbi esitazioni! Quella stessa sera avrei iniettato l'Annina nel mio proprio sangue. Rinacque in me la più viva speranza.

L'osservazione soggettiva non ha molti esempi in medicina ma ne ha tuttavia e dei più strani. Intanto il celebre medico napoletano che, affetto di nefrite, preconizzò per primo la cura lattea, ne intuì il benefico effetto dapprima soggettivamente e lo constatò poscia oggettivamente verificando la diminuzione dell'albuminuria. Tanto più l'esperimento soggettivo doveva dare un esito concludente qui ove si trattava di verificare un'intensità di vita che secondo me doveva diminuire prima di tutto nella vivacità del senso e del sentimento. Perché se l'Annina si dimostrava efficace come io speravo doveva diminuire quello che io chiamo l'attrito. Ora quale è il maggiore nostro attrito, quello che sperpera le nostre forze senza che noi ce ne accorgiamo? I nostri organi di percezione talvolta non bastano - lo riconosco - ma per lo più peccano per troppa sensibilità. Quante volte non vengono lesi dal suono e dalla luce? Dei sentimenti poi non parlo. Le gioie eccessive e gli eccessivi patemi d'animo decimano l'umanità.

Mamma parlava ora di cose di casa ed io non l'ascoltavo tutto immerso nel mio pensiero e agitato dalla ferrea decisione fatta.

Anticipai col pensiero l'effetto che avrebbe prodotto in me l'Annina. Pensai che l'Annina dovesse divenire il farmaco degl'intellettuali e non dei manuali. Ho già detto quello ch'io penso della necessità di un cuore manifestamente forte per il funzionamento del cervello. Soggiungo anzi che se l'uomo morente non sa comporre un poema o fare una scoperta, ciò dipende dal fatto che il cervello viene frastornato dagli altri organi i quali non vedendo arrivare il cibo ch'è loro indispensabile, soffrono e chiamano aiuto.

Poco dopo, chiusomi nella mia stanza, mi praticai un'iniezione di Annina. Ne adoperai una dose molto maggiore di quella usata pel coniglio che non mi parve abbastanza anninizzato. Devo confessarlo: Mettendo il liquido nel tubetto mi tremava la mano e il cuore mi batteva. Qualche cosa di simile deve aver provato quel coraggioso inventore che fece passare attraverso il suo corpo duemila volts di forza per provare l'innocuità della corrente alternata. Avrei forse agito più prudentemente rimandando l'esperimento al giorno seguente e notando nel frattempo la mia scoperta perché fosse sperimentata ulteriormente da qualche mio collega. Ma non seppi attendere. Presi un foglio di carta, lo posi sul tavolo da notte assieme ad una matita per fissare subito sulla carta le osservazioni fatte. Ho conservato quella carta e la trascrivo qui:

2 Giugno ore 10 ¼. L'iniezione è stata fatta. Una calma assoluta è nel mio organismo. Il mio polso è di 84 e si capisce. Mi stenderò subito sul letto per provare la mia temperatura. Il punto del braccio ove praticai l'iniezione mi brucia. L'assorbimento del siero procede lentamente. Ricordo che dopo l'assorbimento totale del siero il contegno del coniglio non ne accusò un effetto che oltre 10 m. dopo.

Ore 10 e 35 m. Sotto la cute non c'è più alcun residuo di siero. La mia temperatura è di 37 e 2. Mi sento agitato. Posso contare il battito del cuore nell'orecchio poggiato sul guanciale e arrivo a stabilire ch'è sincrono al polso. Una vera perturbazione nel circolo è esclusa.

Ore 10 e 40. Ho paura di perdere i sensi. Nel mio organismo scoppiò un temporale che mi pare vada ancora aumentando. Cominciò con un rumore assordante nelle orecchie, tale che mi parve esterno. Fu uno scoppio dapprima come se la pressione dell'aria all'esterno avesse fatto scoppiare di un sol colpo le otto lastre della mia stanza. E adesso continua assordante e minaccioso come se qualche cosa di macchinoso enorme s'avvicinasse, s'avvicinasse. Per capire che tutto quel frastuono è in me e non fuori di me mi basta di guardare la fiamma di gas accanto al mio letto la quale si riflette immota nello specchio di faccia. Ricordo con terrore la dose enorme di Annina che mi sono iniettata. Mi faccio dei rimproveri con mente lucidissima. Il professor Arrigoni aveva ragione di dire ch'io ero tale un geometra ch'ero capace di misurare un abisso in pochi istanti ma saltandoci dentro. Cesso di scrivere perché non reggo più. Che avessi la febbre? Voglio provare.

3 Giugno ore 9 ant. Non arrivai a provare il polso. Ora ammonta a 66; 18 pulsazioni meno di iersera. Rileggo la descrizione fatta del malessere da cui fui colto iersera. Come è imperfetta! Ma come completarla? La scienza medica è tanto povera di termini per esprimere delle impressioni soggettive! Il mio malessere andò talmente aumentando che finii coll'abbandonare la matita, mi stesi sul letto e perdetti i sensi. Ricordo che prima mormorai: Collasso! Infatti se un mio collega m'avesse visto allora, avrebbe detto così. Le mie labbra non trattenevano più la saliva che mi pioveva sulle guancie e m'accorsi che la mia respirazione era corta, precipitosa. La stanza m'appariva buia del tutto; sulla mia retina si rifletteva soltanto una piastrina gialla, la fiamma del gas, da cui non irradiava alcuna luce e penso che devo averla fissata continuamente perché ancora adesso ritrovo stampata in me la povera, misera cosa, così come era allora, fredda e piccola, l'unico mio punto di contatto col mondo esterno. Morivo! Laggiù, le mie gambe che mi parevano lontano, ben fuori dal letto, pesavano enormemente. Non ricordo altro! Questa mane mi accorsi che io debbo essere passato per una crisi di delirio perché le coperte ed il guanciale erano state smosse violentemente. Io non sono meravigliato di questo primo effetto dell'Annina. In certi organismi persino il primo effetto della morfina è violento. Pare che prima di adagiarsi all'effetto del farmaco l'organismo insorga. Quando ritornai in me ero mutato del tutto. Pareva fossi uscito da una crisi benigna di pneumonite; l'euforia era assoluta. Polmone e cuore dovevano lavorare perfettamente. Non sentivo né il mio respiro, né percepivo il battito del mio cuore. Sentivo ancora un certo peso alle gambe e mi parevano sempre lontane. Ciò significava senz'altro un indebolimento del senso. Debbo aver sorriso dalla soddisfazione di aver pensato tanto esattamente. Le mie previsioni si avveravano; il cervello sentiva meno degli altri organi l'effetto dell'Annina. Fu con isforzo che toccai con una mano i piedi nudi. Erano caldi ma subito pensai che con quell'atto non avevo fatto

altro che verificare la differenza di temperatura fra le due estremità. Cercai il termometro che doveva trovarsi nel letto stesso e mi ferii la mano su una scheggia di vetro certo proveniente dall'istrumento che doveva essere andato in pezzi durante la crisi. Mi dispiacque; ma era poi certo che se l'avessi trovato intero ne avrei usato? E stetti immoto senza fare alcuno sforzo per liberare il mio letto dalle altre schegge di vetro che dovevano trovarvisi. Mi baloccai per lungo tempo immobile con le mie idee. Pensai: «Dovrei notare subito le mie osservazioni». Ero certo che avrei potuto balzare dal letto e correre a fare le mie annotazioni. Ma non mi mossi. Il pensiero rimase alle annotazioni e m'indugiai a pensare quello che avrei scritto se avessi scritto. Intanto avrei guardato l'orologio per stabilire quanto tempo avesse durato la mia incoscienza. Non lo guardai e mi limitai di constatare che la notte era alta. Sarebbe bastato che alzassi la testa oltre il tavolo di notte per vedere l'orologio ma io non feci un tale sforzo. Restai supino lieto di veder confermata una delle speranze poste nella mia Annina: Io non correvo disordinatamente all'azione e mi compiacqui all'idea che oramai io potevo misurare un abisso senza gettarmivi dentro. L'avrei poi misurato? Il pensiero delle annotazioni continuò a perseguitarmi e senz'alcuna idea di giungere a prendere la matita in mano analizzai i miei sensi. L'orecchio mi parve senz'altro indebolito. Esso sentiva debolmente i rumori che io producevo movendomi nel letto. Passai ad analizzare la mia forza visiva. Mentre al momento di svenire avevo visto la fiamma di gas quale un pezzetto di metallo lucido, ora scorgevo perfettamente che la fiamma era una fiamma ma pure mi parve non illuminasse a sufficienza la stanza. Guardando bene io vedevo un'irradiazione che si prolungava per pochi centimetri intorno alla fiamma aperta, ma non pareva che tutta la stanza fosse illuminata. Nello specchio la fiamma si rifletteva attenuata di poco. Guardai meglio e nell'immagine della fiamma nello specchio scopersi un lieve color azzurrognolo proveniente senza dubbio dalla lastra in cui si rifletteva. Stanco dello sforzo, chiusi gli occhi e m'adagiai. Oh! L'effetto dell'Annina superava ogni mia più ardita speranza! Lo sforzo che costava la percezione di un oggetto era largamente compensato dalla finezza della visione. Io potevo analizzare la più lieve sfumatura di colore. Fino ad allora una fiamma di gas era stata per me gialla con qualche riflesso rosso e azzurra alla base; stupidamente gialla insomma. Ora vedevo che non era così e scoprivo nella fiamma le gradazioni più varie di quei varii toni. Quella fiamma parlava! Rizzai un po' il collo e fissai nell'oscurità tentando di vedere l'armadio che doveva trovarsi accanto allo specchio. Non subito percepii l'oggetto ma come per mia volontà il mio sguardo divenne più intenso, così l'oggetto - come se io l'avessi chiamato - uscì dalla penombra. L'armadio era una cassa antica, massiccia, barocca, d'epoca pessima, il suo lustro sbiadito, ai fianchi due colonnine pretensiose dai cui fastigi pendevano dei grappoli d'uva. Io non l'avevo mai visto così ed essendo un oggetto che avevo avuto accanto dalla mia prima infanzia fui stupito di scorgerlo sorprendentemente strano. Per la prima volta vidi in esso lo sforzo di linee fatto dal poco destro artista la cui arte barocca era stata resa meno ridicola dall'antichità. Io non ho natura di pittore, tutt'altro, e fui sorpreso dalla delicatezza e finezza del mio occhio. Come tutti gli oggetti sono belli se visti con una forza che superi almeno quella di chi li guarda per moversi fra di loro! Per quanto fosse la prima volta ch'io ricordassi d'aver guardato con tale occhio quell'armadio pure nella visione attuale s'addensarono tutte le visioni ch'io di quell'armadio avevo avuto dalla mia prima giovinezza. E lo rividi sempre fosco e oscuro quando abitava una stanza mai rischiarata nella nostra prima abitazione a Venezia; una sola finestra cui il sole non arrivava mai causa la stretta Calle su cui guardava. Mastodontico armadio che ricettava allora serio, serio i miei primi vestitini corti. Dentro c'era un forte odore di lavanda che mamma amava molto. Più di una volta lo vidi all'aperto su una grande peatta, dall'aspetto più malandato del solito, varie uve spezzate nei suoi grappoli. Ci mancavano ancora quelle uve ma le ferite di legno giallo apparivano allora in confronto al resto dell'armadio quasi sanguinanti. Non s'erano chiuse ma il tempo aveva intonato il colore anche su di esse. Riposai di nuovo dello sforzo mentre il pensiero non cercava riposo. Tutto quello ch'io avevo sospettato s'avverava: La vita diminuita era capace di concentrarsi meglio in certe direzioni. I fisiologi di un secolo fa dicevano: Metà e più del corpo umano è morta. Io forse aumentavo la parte morta ma intensificavo la vita della parte viva. Persino le mie gambe divenivano più vive se io volevo. La sensibilità mia laggiù era tanto diminuita ch'io non sentivo di avere i piedi nudi né percepivo se poggiassero sulla lana della coperta o sul lino delle lenzuola. Rivolgendo la mia attenzione colà, la sensibilità improvvisamente aumentò e senza guardare, dalla sola sensazione sentii chiaramente la dolcezza della soffice lana. Intanto venne l'alba. La finestra ch'era posta alla parete più lontana da me si fece viva, dapprima discreta, discreta, come se bussasse per poter entrare. Presto divenne la cosa più importante della stanza. Com'era bella, svegliatasi così sotto le tendine rosee. Stanco, cercai il riposo e l'ultima mia impressione visiva fu di nuovo l'armadio che aveva viste tante albe senza essere stato mai osservato tanto intensamente. Subiva ora una luce antipatica, corrotta dal giallo della fiamma a gas. Poi a me parve di non arrivare ad addormentarmi. Il mio cervello continuava a lavorare e non ripeteva soltanto le immagini ch'io avevo avute nella veglia ma creava. Mi trovai così di aver pensati i futuri esperimenti ch'io dovevo fare. Dapprima dovevo vedere se l'Annina nel nostro organismo si sommasse e se fosse stato possibile d'intraprendere delle cure a dosi minime giornaliere nelle quali la dosatura sarebbe risultata da sé con la più semplice osservazione. Poi dovevo indagare se usando il nostro organismo all'Annina risultasse un'abitudine e se quest'abitudine eliminasse la crisi o addirittura ogni effetto. Nello stesso tempo il pensiero a tanto lavoro che dovevo compiere mi faceva soffrire. Eppure dormivo. Non appena il mio pensiero s'animava io mi trovavo del tutto desto tanto era piccolo il passaggio; poi ricadevo in un torpore che non era altro che il sonno ma il sonno lungo, lungo, una mezza veglia; il sonno dell'animale cui avevo tratto l'Annina. Ed io che lo conoscevo, sentivo il desiderio del sonno più profondo, ristoratore e mi pareva che come mi vi avvicinavo qualche cosa o qualcuno me ne allontanasse. A quest'ora, seduto qui al tavolo io so che il tempo fa diminuire l'effetto dell'Annina. In undici ore constatai in me tre stadii. Il primo di cui non so la durata era stato contrassegnato dalla perdita totale dei sensi. Nel secondo ebbi la mente lucidissima ma i movimenti lenti e penosi; anzi lo caratterizzerò così: Niente percezione senza volere. Nel terzo, non ristorato dal sonno perché ad esso non arrivai mi ritrovai capace di un lavoro seguito quale è quest'annotazione. Nella notte intera deve aver persistito in me un offuscamento di coscienza. Tant'è vero che non m'ero fatto un rimorso di aver trascurato le annotazioni per le quali avevo corso tanto rischio. Forse da ciò mi risultò un disagio sordo un malcontento che mi guastò la notte meravigliosa tanto che guardando dietro di me mi appare sgradevole quale la notte

di un infermo. Concludo: Per godere del riposo che dà l'Annina, bisogna non averla inventata.

Qui anche queste annotazioni tanto imperfette sono interrotte. Si picchiava con forza al mio uscio ed una voce profonda d'uomo echeggiava: - Ma, insomma, dormi o sei morto?

Aprii la porta ed entrò il dottor Clementi dalla cui faccia niente trapelava che avesse potuto far sospettare la gravità della notizia ch'egli mi apportava. Era affannato e irato perché, come poscia appresi, mi chiamava così da oltre mezz'ora. Io sono stato sempre un po' distratto ma non tanto da non udire a pochi passi di distanza la voce stentorea nel dottor Clementi.

Visto che quando il pubblico conoscerà questa mia memoria io sarò morto, è da ritenersi che il dottor Clementi sarà allora da lungo tempo dimenticato. Non dico ciò perché egli sia più vecchio di me ma perché egli è un individuo ch'io chiamo un morituro. L'esuberanza sua di vita deve fargli percorrere ben presto la via che per altri, dotati di organi moderatori più potenti, è più lunga. Egli si scalda anzi si scalmana per tutto e per tutti. S'occupa anche di politica - a quanto mi dicono - e vi spreca un'attività enorme. Io lo conosco per aver lavorato per due anni quale suo secondario all'ospedale. Mi parve d'aver passato quei due anni interi sotto un ponte ferroviario su cui fossero corsi pazzamente, su e giù, dei treni sterminati. Com'è rumoroso quell'uomo! Intanto per lui ogni suo malato è una sua propria, strana avventura che tocca solo a lui, e ne parla, ne parla, ne parla. Ammetto che sia capacissimo quale medico (ed è perciò che gli affidai mia madre) ma solo per troppa esuberanza di vita, egli prende, veh!, dei granchi. Quando vede l'ammalato il primo giorno, comincia subito a diagnosticare e diagnostica il secondo, il terzo e il quarto giorno finché l'ammalato guarisce o muore. E anche dopo egli diagnostica e studia e almanacca e assiste alle sezioni cadaveriche. Se la sua diagnosi era giusta egli ne parla tanto che pare ne sia più sorpreso di tutti. Se era fallata la racconta tuttavia ad amici e nemici che lo deridono per questi suoi difetti e più ancora per la sua precipitazione di parola per cui è sempre costretto ad usare di frasi che si ripetono: - Faccio un passo indietro... - e poi: - Riassumendo... ma devo prima spiegarvi... - e così via. Si può dire di lui che non è un fanfarone solo perché è uno scienziato. Quando entra in una casa quale consulente, il medico di casa trema. Il dottor Clementi non intende certo di far del male a nessuno ma visto che ogni malato per lui ha tre malattie almeno, è difficile che il medico di casa abbia parlato di tutt'e tre.

Io trasalii vedendolo entrare in camera mia quella mattina a quell'ora. Il mio primo pensiero fu questo: La provvidenza m'invia la persona che più di tutti abbisogna di Annina. E pensai di raccontargli della mia scoperta e di pregarlo di farne una prova su lui. Contemporaneamente ebbi varie idee. Fra altre quella di provare l'Annina su un pazzo agitato, la prova sarebbe stata più concludente che sul dottor Clementi... ma di poco.

Il dottore non mi lasciò parlare. Con uno sforzo che dovette costargli parecchio, soppresse l'ira provata per non avergli io risposto più presto. Prese un'aria di commiserazione che non presagiva niente di buono. Pareva tentasse di consolarmi prima di darmi una cattiva nuova. La piccola figurina nervosa s'appoggiava quasi su di me. Aveva alzate le braccia e poggiate le mani sulle mie spalle per segnare un abbraccio che causa la differenza di statura non era possibile.

- Tu non sai nulla dunque? Hai un sonno tu! - e mi guardò con invidia.

Sorrisi ricordando ch'egli dormiva bensì intensamente ma non più di sei ore per notte e pensai: «Troverò ben io il modo d'allungarti il sonno!»

Come poté poi avvenire che restassi sempre alla mia idea apprendendo che circa un'ora prima mia madre era caduta per terra con un grido acuto di dolore e di spavento e che il dottor Clementi accorso parlava di aneurisma passivo dandomi delle speranze ch'egli evidentemente non divideva? Ma io non caddi svenuto io stesso né mi slanciai alla stanza di mia madre pieno di dolore e di speranza a porre il mio orecchio medico, reso più acuto dall'affetto filiale, sul petto materno a ricercare se l'orribile squarciatura fosse realmente avvenuta. No! Mia madre e il suo e il mio affetto erano dimenticati del tutto ed io non ricordavo altro che quel cuore colpito da esuberanza di vita.

Mi volsi alla cameriera che aveva accompagnato il dottore alla mia stanza e che s'era arrestata alla porta in attesa di ordini: - Mia madre s'è adirata con qualcuno questa mane?

La cameriera confermò: Il macellaio ubriaco già a quell'ora, a certi rimproveri di mia madre aveva risposto con impertinenza e mia madre s'era agitata fortemente. Mezz'ora più tardi era stata presa dall'attacco.

- A che serve - interloquì il dottor Clementi. - Tu sai bene che parlare di rottura spontanea del cuore è un modo di dire che manca di base scientifica. La rottura è sempre la conseguenza della degenerazione - Vedendomi impallidire aggiunse con una carezza paterna: - Non perdere il coraggio. Io piuttosto che fare una diagnosi ho sentito il pericolo - Poi ricordò che oltre che suo cliente ero suo collega. Non volle ammettere di poter sbagliarsi e si corresse con vivacità come se rispondesse a qualche oppositore anziché a se stesso: - Io dico che si tratta di una rottura di piccole dimensioni al ventricolo sinistro ma spero ancora di poter ingannarmi. E del resto parlerò al collega Walther. Si parla tanto in quest'epoca della possibilità di cucire il cuore...

Io conoscevo l'operazione orribile che non aveva avuto buon esito che una o due volte e non ammisi neppure per un momento la possibilità di permetterla. Quando entrai da mia madre il mio piano scientifico era fatto; la cura doveva consistere in iniezioni a dose lievissima di Annina ripetute giornalmente. Il mio contegno causa l'intima mia freddezza e l'idea che mi dominava tutto fu esitante tanto che mi meravigliai ch'essa non se ne accorgesse. Non piansi. Celai i miei aridi occhi con la mano e mi lasciai cadere ginocchioni accanto al letto.

Essa alzò lentamente il braccio e, restando supina, mi porse la mano che baciai. - Io muoio, figlio mio! - mormorò.

- No! No! Madre mia! - urlai e una specie di singhiozzo m'interruppe. Appariva quale un singhiozzo ma io sapevo perfettamente che il mio respiro non era intralciato da altro che dalla speranza di salvare una vita con l'Annina.

Il caso di mia madre era tipico. Un grido, un solo grido ed essa - se io non intervenivo - correva precipitosamente alla morte. Se anche avessi dubitato della diagnosi del dottor Clementi, mi sarebbe toccato di convincermi al solo vedere mia madre. L'Annina era stata inventata in tempo. Io sapevo quale efficacia potesse avere il ghiaccio ch'era stato posto sul petto di mia madre. Ci voleva altro per domare quel cuore! Sta bene! Prima di rompersi era degenerato, ma perché era degenerato? Evidentemente perché prima che la pressione fosse arrivata a spezzarlo, era riuscita a degenerarlo. Era escluso che si trattasse di una degenerazione grassa. L'organismo di mia madre era tanto povero di adipe! Era la prima volta ch'io mi scoprissi più complicato ancora dello stesso Clementi.

Singhiozzavo sempre! Se avessi avuto un dolore sincero a quell'ora, sentendo singhiozzare anche mia madre, nel timore di danneggiarla con un'emozione troppo viva, avrei saputo fingere e quietarmi. Così invece continuai a singhiozzare finché il dottor Clementi che m'aveva seguito non si chinò su me e non mormorò al mio orecchio: - Collega! Volete dunque uccidere vostra madre?

Allora mi fu facile di quietarmi; abbracciai mia madre dicendole sorridendo che m'ero commosso tanto al sentirla dichiararsi prossima a morire.

Non v'è dubbio! L'Annina oscurava nel mio organismo il sentimento e il dolore. Non era stato previsto ch'essa avrebbe diminuito l'attrito? La mia vita ridotta dal potente moderatore non bastava che a tener lucido il mio cervello e a mala pena il sentimento di me e per me. Essendo io un individuo sano ma non dei più forti, ebbi sempre marcato nel mio organismo il carattere della rapida combustione. Ebbi sempre, cioè, le mani calde ed un'esuberanza di sentimento che mi faceva soffrire al solo veder soffrire una bestia. Invece ora mi mancava il dolore persino assistendo alla rappresentazione di quello che, vicino o lontano, era pure il mio destino. La previsione della morte esisteva allora in me soltanto quale la conclusione di un sillogismo... forse errato anche quello.

Eppure questa freddezza non era scompagnata da un sentimento di decadenza non dissimile da quello che deve avere chi s'abbrutisce in un vizio avvilente. Guardavo al mio passato d'altruismo come ad un'altezza irraggiungibile oramai per me. E pensavo: «Peccato che ho preso l'Annina precisamente poche ore prima che mia madre ammalasse!» Ricordo che assursi a mio giudice. Guardavo la faccia di mia madre oramai né dolce né fiera ma abbattuta tanto che si vedeva pronta a ricevere la maschera ippocratica e mi dicevo: «Se un altro figlio fosse al tuo posto e se io ne indovinassi i sentimenti, che cosa gli direi?» Risposi schiettamente a me stesso che gli avrei dato del cane! Sempre così: Cervello lucido e sentimento annebbiato.

Non appena restato solo con mia madre l'assalii subito. Dovevo trovare un modo di suggerirle la cura dell'Annina senz'agitarla di troppo. Cominciai col dirle ch'io stavo benissimo ad onta che la sera prima mi fossi fatta un'iniezione di Annina. Poi le raccontai tutte le mie avventure della notte ed essa le ascoltò con grande piacere. Mi parve che per istanti dimenticasse persino la sua terribile posizione. In conclusione mi disse: - Tu sei un eroe, tu!

Poi le parlai con cautela del suo male. Le dissi che c'era nel suo cuore una minaccia di rottura e ch'essa doveva badare di non commuoversi, di non agitarsi e di non fare dei movimenti bruschi. La minaccia di aneurisma sussisteva solo causa l'eccesso di vita in lei.

Avendo parlato a mia madre delle osservazioni fatte su me stesso di quella calma torbida che m'aveva tolto il sonno ma anche ogni agitazione essa capì subito dove andavo a parare. Mi guardò e con un sorriso reso triste dalla pallidezza del suo volto, mi disse: - Vorresti provare su di me la tua Annina? Oh! Fa pure! Ringrazio il cielo che giacché ho da essere malata, la mia malattia t'offra l'occasione di un'esperienza tanto decisiva!

Mentre scrivo il rimorso mi spreme le lagrime più cocenti; devo cessare ad ogni tratto di scrivere per sollevarmi liberamente nel pianto. Io non uccisi mia madre ma fu il solo caso che mi salvò da tanto delitto. Oggi io so con sicurezza quasi matematica che mia madre era condannata a morire in brevi ore. Clementi stesso mi confermò ch'egli m'aveva parlato dell'operazione solo per poter dire una parola di speranza. Ma io giuocai in modo indegno con la vita di mia madre. Il mio rimorso è aumentato dal fatto che io per riuscire meglio nel mio intento di indurla a provare l'Annina, l'ingannai. Non le dissi cioè della crisi violenta da cui io ero stato colto la sera. Forse essa ne sarebbe stata spaventata e avrebbe rifiutato il mio farmaco.

Le feci l'iniezione con mano sicura.

Potei osservare in mia madre l'effetto dell'Annina anche prima che la dose iniettatale fosse stata interamente assorbita. Il tratto più saliente nella sua povera faccia era stato costituito fin qui dall'irrequietezza dell'occhio. Quell'occhio divenuto tanto mite aveva fissato Clementi e poi me inquieto e supplice. Essa si acquietò subito in un'immobilità che sembrava volesse preludere al sonno.

Mentre essa s'acquietava io m'agitavo sempre più. Per quanto avessi attenuata la dose d'Annina essa poteva produrre una crisi. Se questa avesse assunte delle forme violente, essa avrebbe preceduto di poco la morte e la mia esperienza sarebbe stata finita. Mi batteva il cuore! Ma non ancora per mia madre.

Qui la mia esposizione diviene anche più monca che non sia stata finora. Il caso volle che quando nell'organismo di mia madre l'effetto dell'Annina fu evidente, il mio organismo se ne liberò del tutto e con la stessa violenza con cui vi era soggiaciuto. Fui preso dagli stessi sintomi: Un'agitazione che mi toglieva il respiro e nell'orecchio degli scoppii che parevano dovessero infrangermi il timpano. Dovetti abbandonare mia madre temendo di perdere i sensi. Uscii sulle punte dei piedi. Prima di chiudere l'uscio dietro di me potei accertarmi che mia madre non s'era accorta ch'io m'ero mosso.

Corsi al mio letto. La mia agitazione arrivò a un punto che sono convinto si avrebbe potuto assaltarmi, uccidermi e non mi sarei ribellato. Tanto ero intento a studiare la cosa importante che in me avveniva. Ma non perdetti i sensi. Sentii di traspirare come dopo un bagno caldo e l'agitazione perdette un po' della sua violenza. Subito dopo mi sentii pervaso da un dolce tepore e godetti di un benessere intenso, inaspettato. Fin qui non avevo mai detto a me stesso che lo stato in cui m'aveva gettato l'Annina equivalesse ad una malattia. Ora lo capivo dal fatto che io entravo in una convalescenza rapida quasi violenta. Sentivo nella mia testa un'azione forte, riparatrice che io pensai dovesse somigliare al processo di epurazione che succede a forme leggere di emorragia cerebrale. Così, dunque, io avevo iniettata a mia madre una nuova malattia? Ricordai mia madre e la sua fine vicina e l'Annina fu per un istante dimenticata. Mi misi a piangere e singhiozzare come un bambino; l'improvviso dolore fu tale che lo sfogo di lagrime e singhiozzi non fu sufficiente e mi dimenai su quel letto come un ossesso.

Mi fermai in seguito ad un vivo dolore al pollice della mano destra. Era causato dalla ferita che m'ero fatto la sera innanzi con le schegge del termometro spezzato. Andai alla finestra per veder meglio e capire come una tale piccola ferita potesse dolere tanto intensamente. Osservai subito che per essere stata fatta la sera innanzi, la ferita era arrossata pochissimo. Trovai ancora confitta in essa una piccola scheggia di vetro che levai. Potei verificare che dal momento in cui m'aveva doluto, doveva essere successa una metamorfosi nella ferita. Questa metamorfosi continuava ancora sotto i miei occhi. Era evidente! Fino a poco prima la ferita aveva avuto l'aspetto come se inferta ad un cadavere ed ora - passato l'effetto dell'Annina - incominciava la sua reazione dolente e salutare. S'infiammava e le sue piccole labbra si gonfiavano.

Ne fui schiacciato! Guardai intorno a me non so se in cerca di un soccorso o di un'arme per uccidermi. Non c'era mai stata speranza che la ferita di mia madre guarisse, ma l'Annina aveva esclusa anche quella piccola possibilità - sia pure un miracolo - che ogni medico ammette per quanto la scienza lo escluda.

Quell'eccesso di vita ch'io volevo eliminare si dimostrava tutt'ad un tratto utile, necessario. Veniva bensì sprecato finché non c'era bisogno di un'opera straordinaria di riparazione ma quando di quest'opera v'era necessità, allora non minacciava che un pericolo: Che quell'eccesso di vita si dimostrasse insufficiente. Piansi come un bambino, piansi per la mia scoperta e per mia madre.

Ritornai a mia madre dopo di essermi ricomposto quanto potevo. Ero lievemente stordito come un ubriaco anzi come uno che fosse stato avvelenato dall'alcole Menghi. Il mio cervello era molto meno lucido che non quanto avevo subìto l'intero effetto dell'alcole Menghi; tant'è vero che quando trovai mia madre sempre pallida ma tranquilla, in un riposo assoluto, rinacqui alla speranza. E pensai: La reazione di eccesso di vita ch'è ora in me e che deve verificarsi necessariamente anche in essa, non potrebbe per avventura riuscirle benefica?

Non v'era traccia di sofferenza nella sua faccia. Mi sedetti accanto il suo letto, presi una sua mano nelle mie e lungamente la baciai.

Con un piccolo movimento brusco e sdegnoso mia madre sottrae la sua mano ai miei baci. - Mi secchi! - disse brevemente con un filo di voce.

Trasalii ferito. Provai un avvilimento e un dolore che mi fecero gemere. E se fosse morta prima di poter liberarsi dal mio veleno e senza lasciarmi un'ultima parola dolce? Oh! Non volevo lasciarla partire così e nello stato di semi ebrietà in cui mi trovavo, credetti di poter vincere la sua indifferenza inondandole la faccia di baci e di lagrime. In risposta essa non ebbe che dei segni di fastidio. Da ultimo, per quanto debole fosse la sua voce, le bastò per manifestare una minaccia. Cessai temendo una violenza che l'avrebbe uccisa subito.

Le restai accanto fino alla sera. Il suo torpore non cessò mai. Apriva lentamente di tempo in tempo gli occhi, guardava nel vuoto o qualche canto della stanza e li rinchiudeva. Non pareva soffrisse. Solo una volta nella giornata si lamentò e sospirò: - Oh! mio Dio!

- Ti senti male, mamma?

Mi disse di no con un lieve cenno del capo. Ne fui accorato. E se l'Annina nello stato in cui si trovava le avesse date delle sofferenze?

- Già - dissi - se anche ti arreca qualche disturbo, di qui a poche ore ne sarai libera. Io ebbi una lieve crisi. Lieve, lieve - ripetei temendo d'averla spaventata. - E poi devi pensare mamma ch'io ho preso una dose tre volte più forte di quella data a te.

Essa non mi stava a sentire.

- Mi duole questo freddo che ho qui! - disse accennando alla vescica di ghiaccio sul suo petto.

Se essa m'avesse detto ciò quando le avevo praticata l'iniezione di Annina, senz'esitazione avrei allontanato quel ghiaccio perché il mio siero vi suppliva ad esuberanza. Ma ora che l'effetto dell'Annina stava per passare sarebbe stata un'imprudenza somma. La pregai di sopportare quel freddo almeno finché non fosse venuto il dottor Clementi. Essa non rispose e attendemmo in silenzio.

Quale pomeriggio fu quello! Lo passai interamente a studiare la sua faccia. Ogni suo movimento mi terrorizzava. Una volta ch'essa alzò una mano per portarla alla guancia ebbi uno spavento che mi morsi le labbra a sangue per non gridare.

Il dottor Clementi venne e andò. Essa non gli rivolse la parola. Non reagì neppure allorché egli ordinò di continuare gl'impacchi freddi.

Io l'accompagnai alla porta. Congedandosi mi disse: - Quella prostrazione mi dispiace. Se non ci fosse quella andrei via più tranquillo. Il polso è sorprendentemente lento e non si può dire neppure specialmente debole.

Ritornai a mia madre con una speranza nuova nel cuore. Risultava dalle parole stesse del dottore che la vita di mia madre si sarebbe prolungata almeno per giorni. Non le prodigai altre carezze e decisi di attendere. Mi sedetti su un sofà lontano dal letto. Vinto dalla stanchezza mi vi sdraiai. Poi il sonno mi prese imperioso e dopo breve lotta durante la quale tesi l'orecchio per sentire il respiro di mia madre, mi vi abbandonai con voluttà ritrovando subito il massimo riposo che l'uomo conosca e che l'Annina la notte precedente m'aveva conteso.

Due o tre ore dopo, riposato interamente ritornai in me. Balzai in piedi spaventato di aver lasciato sola mamma. Non sentendo subito il suo respiro temetti di trovarla morta. Portai la candela al suo letto.

Allibii. Essa era seduta sebbene riversa sul guanciale. Accostai la candela alla sua faccia. Questa non era più tanto pallida e mi parve anzi rosea. Ciò che mi spaventò anche di più fu di veder errare sulle sue labbra un sorriso che in quel momento mi parve di pazza.

Aperse gli occhi e vedendomi mi prese la mano con un gesto vivace che avrebbe spaventato anche Clementi. - Ah! Sei tu! - esclamò con gioia e certo con voce meno fievole di prima. - Sei tu! Oh! Come sono lieta di arrivare ancora a parlarti; non lo speravo più.

Io ricordo esattamente ogni singola parola ch'essa mi disse. Essa parlò ininterrottamente per lungo tempo ripetendo sempre con nuove parole la stessa cosa come se avesse temuto ch'io avrei potuta dimenticarla.

Disse: - Come hai potuto immaginare una cosa tanto orribile? M'hai sepolta viva, tu! Una volta hai detto che quell'orribile cosa cristallizzava il corpo umano... io volevo, io volevo movermi, gridare, e non potevo e tutto era morto in me fuori che il desiderio di vivere, gridare, movermi... sepolta viva... e ti vedevo e soffrivo che tu vivessi. Baciami ora! Fammi sentire anche il calore dell'affetto... tutto calore, tutta vita anche se sto morendo... Oh! Baciami e piangi pure con me. Tu hai pensato di fare il bene di tutti e invece la tua invenzione non è altro che un nuovo flagello. Oh! Poverino! Come potrai ora consolarti di perdere nello stesso tempo e tua madre e il tuo grande lavoro? Ma lo devi! Giurami che mai più metterai in un corpo umano una simile cosa... e neppure nel corpo di un povero animale creato dal Signore! Giuralo!

Io giurai! Poi piangemmo lungamente insieme. Parevano lagrime di consolazione mentre essa moriva.

Perché ripetere le sconnesse parole della povera moribonda quando io meglio che ogni altro so tradurle in parole più lucide e conscienti perché ne compresi tutto il senso e indovinai per l'analogia con quelle provate da me le sensazioni da cui erano uscite? La povera donna non animata dalla forza di volere che m'aveva diretto nella prova su me stesso, non aveva potuto trovare la vita neppure nella contemplazione di singoli oggetti. Nel suo povero corpo l'Annina aveva trionfato del tutto. Il solo cervello aveva continuato a lavorare ma solo per darle la conscienza della sua mancanza di vita.

Essa cessò di parlare e di bearsi della riacquistata libertà, soltanto per morire. L'eccesso di vita prodotto dalla reazione dell'Annina era stato troppo violento per il suo cuore già ferito.

E debbo dire ancora una parola. Fu anzi per poter pubblicare questa parola ch'io scrissi questa memoria.

Non è solo per il giuramento fatto a mia madre ch'io lascio seppellire con me la mia scoperta. Come posso io consegnare ai nostri contemporanei un simile filtro? Ma pensate! Ne bastarono poche gocce per fare di me un delinquente!

Quando sento i psichiatri disperarsi per non saper riscontrare nei delinquenti un sintomo specifico comune, io sorrido! Non hanno gl'instrumenti per riscontrarlo! Eppure il carattere del delinquente da me verificato nell'ordine fisico è confermato dall'aspetto morale del delinquente. Non vedete ch'esso ha una vita ristretta, piccola, che non passa la sua propria epidermide mentre l'altruista ha tanta esuberanza di vitalità da poterne far dono generoso a tutto il mondo. Non tutti i delinquenti tradiscono la loro miseria, ma osservate, osservate e troverete che in tutti esiste un'attenuazione di vita.

Restiamo perciò mortali e buoni. Ho distrutto l'Annina e l'umanità può essermene riconoscente. Accetterei persino di somigliare al dottor Clementi piuttosto che di calmarmi in una deficienza di vita.

- Grazie! - disse il presidente dottor Clementi che aveva finito di leggere. - E pensare ch'io sono stato l'amico di quell'uomo a tale punto che a forza di simulazione arrivai a celargli la vera natura del suo insuccesso con l'alcole Menghi. Debbo però dirvi prima che son io quell'avversario cui egli allude e che avrebbe creata la famosa teoria dell'abbreviazione dell'esistenza mentre io subito compresi che quel siero non aveva efficacia che quella dell'etere in cui era disciolto. Non mi vanto di tale bontà ch'è spiegabile col fatto ch'io ero medico di casa del dottor Menghi e che costui era uno di quelli che bisogna secondare.

- Ah!

- A proposito! Capisco ora perché ci siano tante insolenze al mio indirizzo in questa memoria: Anni or sono pubblicai uno studio: Lo scienziato paranoico e il dottor Menghi credette di ravvisarsi nel mio soggetto. Negai ma egli evidentemente non me la perdonò più.

- Ma la memoria? - domandò un medico vedendo che il dottor Clementi non sapeva dimenticare la propria personcina offesa.

- La memoria? - ribatté il presidente - Volete davvero che se ne parli?

- No! No! - urlarono tutti.

- Di tutta la memoria non m'interessa che un punto solo - continuò il dottor Clementi. - Visto che il dottor Menghi non era un mentitore, vorrei sapere per quale causa sia crepato quel povero cane cui era stata iniettata l'Annina nella sua forma più pura.

- Sarà stato un accidente! - urlò un giovine medico.

- Non scherziamo! - disse gravemente il dottor Clementi al quale gli scherzi altrui non piacevano. - Si può fare un'ipotesi. Forse il dottor Menghi ha impiegato per la confezione del suo siero l'albumina di qualche animale dal sangue freddo; quest'albumina ha un immediato effetto letale se iniettata nel sangue di un mammifero. Se poi non fosse così, bisognerebbe pensare che nella sua nervosità, per tener fermo il cane, il dottor Menghi senz'accorgersene l'abbia strangolato.

Tutti risero e il vecchio signore ringiovanito dall'applauso abbandonò la cattedra col suo passo piccolo e rapido.